迁直 ◎ 著

茶文化　普洱系列一

# 陳茶

STALE
TEA
STORIES

中国文联出版社

图书在版编目（ＣＩＰ）数据

陈茶 / 迁直著. -- 北京 ：中国文联出版社，2023.5
ISBN 978-7-5190-5045-0

Ⅰ．①陈… Ⅱ．①迁… Ⅲ．①散文集－中国－当代 Ⅳ．①I267

中国国家版本馆CIP数据核字（2023）第020575号


著　　者　迁　直
责任编辑　蒋爱民
责任校对　吉雅欣
装帧设计　谭　锴

出版发行　中国文联出版社有限公司
设　　址　北京市朝阳区农展馆南里10号　　邮编　100125
电　　话　010-85923025（发行部）　010-85923066（编辑部）
经　　销　全国新华书店等
印　　刷　北京顶佳世纪印刷有限公司

开　　本　710毫米×1000毫米　　1/16
印　　张　10.75
字　　数　220千字
版　　次　2023年5月第1版第1次印刷
定　　价　128.00元

弘印如歌

苟平新

品鉴　记录　体味

回忆和思念

# 目录

# 自序

## 侍茶①随记

◎ 迁直

茶者，南方之嘉木也。古称"苦荼"②，别称槚、茗、荈……其字或从草，或从木，或草木并。首见"开元"③，通达《茶经》④。雅号瑞草、叶嘉、森伯、云腴、清友等，不胜枚举。

始之疫药，继而佐食，后为众饮。源起神农氏⑤，闻于鲁周公⑥，兴唐宋，盛明清，纵贯华夏，饮者亿万。亦言：发云贵，兴巴蜀，引江中，传闽台，远播天下，宇内留香。

吾幼年识茶，饮粗碎为端，寡昧却甚爱其味。

舞勺⑦之年，尊公日醉，教之以驱殴，不堪而远行。流落榕城⑧，穷途潦倒，景色尽失，时光骤停，万物萧瑟，为予之伤。时，遇茶翁，年耄耋⑨，仁善亲，逾子侄。杂役侍茶，以得温饱，幸结茶缘，恩念不已。

一年知，二年识，三载粗通其理。志初立，愿难随，翁卒殁，痛憾矣！如之奈何？

翌年，游学山林，住读厂肆，虽不同期，却十之八九；种育制存，品评技艺，五年为功，亦颇有所得。

以推己及人之行，谋求食立世之法，传九

州八荒之道⑩。笃定此生，侍茶为务，铢两悉称，毫厘必究。"亦余心之所善兮，虽九死其犹未悔。"⑪

茶之侍者，三十余载，苦乐年华，光辉岁月。

今，天命将至。"不思量，自难忘。"⑫随记侍茶之所得，以悦天下茶人……

2022 年立夏于京南悦泰博物馆

① 侍茶：专用词。原意是把茶泡好端给别人，一般被侍茶的人地位很高。这里指服务于茶，推广茶道，弘扬茶文化。② 苦茶：指茶或苦菜。《尔雅·释木》："槚，苦茶。"宋邢昺疏："树小似栀子，冬生叶，可煮作羹饮。今呼早采者为茶，晚取者为茗。"③ 开元：《开元文字音义》。开元年间（713—741年），唐明皇及其文士在修订《开元文字音义》时，将『荼』字去掉一笔作『茶』字。④ 茶经：《茶经》。唐代陆羽所著，是保存最完整、最全面介绍茶的第一部专著。⑤ 神农氏：炎帝，别名：赤帝、农皇、药神等。五千多年前，神农氏为治疗疾病而寻药，尝尽百草始发现茶。⑥ 鲁周公：名姬旦，亦称叔旦。封国于鲁（今山东）。陆羽认为《尔雅》作者为鲁周公，所以《茶经》中有『闻于鲁周公。』⑦ 舞勺：《礼记·内则》："十有三年，学乐，诵诗，舞勺。"～之年指十二三岁的孩子。⑧ 榕城：福州。福州，简称『榕』，别称榕城。⑨ 耄耋：指老年；高龄（耋：七八十岁）。～之年。寿登～。⑩ 道：指茶道，茶文化为代表的传统文化形式。⑪ 亦余心之所善兮，虽九死其犹未悔：屈原《离骚》中的名句。意思是心中认定美好的东西，就孜孜不倦地追求，哪怕失去生命也不后悔。这里指作者对一生侍茶的理想追求终生不悔。⑫ 不思量，自难忘：出自苏轼《江城子·乙卯正月二十日夜记梦》。这里指作者茶缘深重，对茶有很多不用回忆却也不会忘记的经历。

范和均先生（中间）　图片拍摄于 20 世纪 30 年代

# 「红印」如歌

2022
冬月
无锡丁蜀镇

"红印圆茶"又称"大红印",历史地位高不可攀,令众多茶人望尘莫及!

2019 年,仕宏春拍,"足吾所好——古董级普洱茶及佳茗专场"具有特殊历史价值,堪称茶中珍宝的"50 年代大红印"(一点红版),以105 万港币元/片成交,又创价格新高,刷新"大红印"拍卖历史。

普洱茶,特别是普洱老茶,一直被誉为"可以喝的古董",许多收藏家都热衷于收藏普洱老茶。更有收藏家用"六大价值"来论述普洱茶的收藏意义,其分别是:时间价值、文化价值、历史价值、交流价值、文物价值和经济价值。

提及"红印圆茶",还要从那个战火纷飞的抗日战争时期说起。

1938 年,为了振兴中国茶业,其深层次意义则是生产更多更好的普洱茶以换取外汇,让国家获得尽可能多的抗日物资,范和钧先生临危受命,前往云南筹建佛海茶厂(今天勐海茶厂的前身)。

1940 年始,他以中国茶业公司的名义,对茶叶实行统购统销,收购大量优质茶菁,制造了第一批普洱茶品,其中领衔的就有"红印普洱圆茶"。由于采用统购统销的生产方式,取得了茶菁原料的"主导权",为"红印圆茶"后续品质的相对稳定奠定了基础。原勐海茶厂厂长唐庆阳先生曾亲口说过:"打从范和钧时期开始,那种红色茶字的普洱圆茶,一直都是选用勐腊最好的茶菁来做,而在

勐海一带产的茶菁是做成绿色茶字的普洱圆茶。"在普洱茶现代发展史上，"红印圆茶"地位极高，对普洱茶收藏家而言更是意义非凡。特别是近些年，"红印圆茶"在普洱茶拍卖活动中被频频爆出天价，不断刷新历史。

那么，为什么"红印圆茶"会有这么高的价值呢？

"红印圆茶"是新中国成立后第一批普洱茶品，纪念了轰轰烈烈的革命事业取得胜利，象征着激情澎湃的红色江山生生不息。同时，"中国红"从来都被视为"喜庆"之色，人们更愿意接受以它作为"礼尚往来"的载体，因此，比起其他印级茶品，"红印圆茶"更加受宠。在选料上，它都是采用最好的茶菁原料，加上科学严谨的拼配工艺，使之品质始终保持巅峰高度，成为普洱印级茶的顶尖茶品。

　　历史证明，经济繁荣是茶文化发展的基础，随着人们生活水平的大幅提高，普洱茶的品饮和收藏价值被不断发掘出来，许多经典茶品越来越受人追捧。由此可见，"中茶牌红印圆茶"不断被拍出惊人高价，也就在意料之中了。

　　昔日，曾与20世纪五六十年代红印圆茶相遇，并浅尝滋味，而如今记忆却早已被岁月消磨得所剩无几！幸有悦泰博物馆早期收藏的"八十年代中茶牌红印圆茶普洱青饼"，虽然年份有别，却感无憾！

　　这款80年代红印圆茶，无论从选料、制作到包装都沿袭了"红印圆茶"的优良传统。岁月悠悠，近40年的纯干仓存放，朱砂拓印的绵纸虽已斑驳破旧，却掩盖不住其特有的时代气质。

　　掀起绵纸的那一刻，心随之一阵颤动，仿佛揭开一段尘封已久的记忆。望着乌润油亮的茶饼，无比真实厚重，却又感到有些缥缈，恍惚间，已回到那个灰黄陈旧的20世纪80年代。人们住平房、穿布衣、戴草帽、骑单车，一脸淳朴，憨笑里泛着生活的艰辛。家家煮饭，户户炊烟，孩子们山上山下追逐奔跑，土里泥里尽情玩耍……实难想到，是怎样的奋斗才得来今天的生活！

想到这些，莫名的感动涌上心头，五味杂陈，厘不清是感慨还是悲怆。激动之下，怀着一份儿时记忆，备茶器，取纸笔，独自鉴尝并记录下80年代红印圆茶那份如歌如泣、荡气回肠的遗风余韵。

饼面油光，茶菁肥硕，条索饱满，干香陈韵，不愧为印级茶中的卓然超群之作，从干茶、茶汤到茶底都裹挟着一股岁月悠悠的陈香雅韵。开茶香气高扬醇厚，话梅生香；汤色深栗红艳，晶莹悦目；落口怡畅，如春风回旋，舌根微凉；汤质顺滑，像荷上露珠，团而不散。三泡开始，浓烈气韵顿生，茶气大开大合，豪迈粗犷，时代风格典型突出。茶汤过喉，甘浓津涌，茶气遒劲、稳健，宛如壁立千仞，一击而崩。尾水宽阔细腻，清甜蜜韵，十六泡后坐杯，茶气、汤汁仍有上扬之势，余韵十足。二十余泡茶香、汤感、甘津、茶气尚存，着实令人震撼。

"相离莫相忘，且行且珍惜。"无论是品鉴、记录，还是体会、品味80年代红印圆茶，带给我们的都是对那个时代无尽的回忆与思念。回忆的是那些曾经难忘的往事，思念的是那些曾经牵手的故人……

以此谨记。

# 追忆张毅与百年易武

2015
寒露
易武落水洞

香于九畹芳兰气，圆似三秋皓月轮。

爱惜不尝惟恐尽，除将供养白头亲。

　　北宋诗人王禹偁早在1000多年前的茶诗《龙凤茶》中就写下赞美普洱茶的诗句。在介绍这款史诗级易武古树巨作之前，有必要和大家说一说普洱茶，特别是易武茶的历史。

　　众所周知，"茶，发于云贵，兴于巴蜀，而后至长江中下游……"在中国各大茶类中，最是历史悠久，经历曲折，而又富有传奇色彩的，就数云南普洱茶了。云南，是5000多年前神农尝百草始发现茶的地方，是茶树的发源中心和原产地，现在拥有千年古茶树的数量，位居世界第一。岁月流转，历史更迭，云南普洱茶随之数度兴衰，同时也创造和积淀了无比璀璨绚丽的历史文化宝藏。

　　在普洱茶爱好者心中，"易武"两个字重如泰山。熟知普洱茶历史的人都知道，易武是贡茶第一站，它背负着沉甸甸的云南茶人奋斗历程。在几百年前，普洱茶从这里出发，走向全世界！

　　易武，见证普洱茶的兴衰浮沉，延续着千百年来传统普洱茶与当今现代普洱茶的发展历史。

　　不管是叱咤拍卖市场身价可观的古董茶，还是资深藏家的珍贵茶品，都不难看到易武茶的身影。它们一再刷新的，是整个"号级茶"的价格金字塔；一再续写的，是易武商茶时代风云百年的历史回音。

　　虽然，很多传奇茶品我们无缘一一品味，但是这些实物茶品真实存在，也正因此，可以判断易武是普洱茶里唯一一个从百年前至今都有代表性茶品留存的产区。

　　易武茶之所以能够叱咤普洱茶界，不光因为它们的原产地是易武，更因为百年前的号级茶，是用一流的原料、古老的工艺，制作出的优质普洱茶品，这传世至今已为易武茶打造出了金字招牌。

　　大师精神，缔造经典。

　　这种力求尽善尽美、追求品质臻味的制茶理念，影响了一代又一代茶人。

　　其中一位就是张毅老先生。张毅，何许人也？他是易武乡原乡长，也是现代易武茶的发起者，普洱茶史上重量级人物。20世纪90年代中后期，是国营茶厂的改革阵痛期，在印级茶成为强弩之末，下一个时代趋势尚不明朗的特殊时期，易武老乡长张毅先生毅然做出了惊人决定，他要重新发掘、梳理快要失传的普洱茶传统制作技

艺，将其发扬光大。

　　于是，他开始就收集整理老易武茶的制作材料、工艺流程，多次向健在的制茶老师傅、茶庄主、传承人请教汲取经验。他亲自深入各古茶山与村寨进行实地考察，收集人文历史资料，通过不断的摸索与研究，把大量的前人采茶、制茶的经验与现代生产方式相结合，并形成一套完整的普洱茶制茶技艺，获得国家专利。为了弘扬传统普洱茶制茶技艺，张毅先生把这份专利无偿传递分享给易武、象明、景洪、孟连和广西以及韩国等地区的普洱茶生产和爱好者。

　　"发掘"和"弘扬"传统普洱茶制茶技艺，是张毅对云南普洱茶的巨大贡献，丝毫不亚于1973年的普洱熟茶试验成功，可见在当时的茶界是多么震撼。因此，传统制茶技术被得到迅速普及，使古六大茶山以传统工艺制作普洱茶的大小厂家发展到100余家，带动

了整个地区茶业产业的发展。

星星之火，可以燎原。张毅无疑就是"点火之人"，因为他的努力，易武茶没有出现断代，反而被一直传承下来，让易武成为人们心目中的圣地，也为后来复兴普洱茶时代打下坚实的基础。

奈何英雄迟暮，张毅老先生于2008年年底与世长辞，但他对普洱茶作出的贡献，不可磨灭。镌刻在他所监制、生产的茶品上的大师精神，值得人们缅怀与追忆。"张毅顺时兴易武春尖（2004）6公斤普洱生茶饼"正是已逝制茶大师张毅的传世力作之一。

1998年，张毅开创了"顺时兴"，开始制作普洱茶。这款茶最大的意义在于它是已逝制茶大师张毅，在探索老易武传统制茶工艺征途上，以中华人民共和国成立后易武第一批私人茶行之一的"顺时兴"之名，生产的第一批传统制茶工艺的易武古树春茶。它重新开启普洱茶以"古董茶为蓝图，私人定制复刻新茶"的新时代。由

于该茶原料好、工艺精、品质高、存世量稀少，后期的存放价值与收藏价值不可估量。

"张毅顺时兴易武春尖（2004）6公斤普洱生茶饼"包装为咖啡色薄棉帆布印刷。内飞上注明是"2004年春"和"主人张毅"。茶饼规格较大，净含量是6千克/饼（12斤）。茶饼选用易武地区野生古树茶茶菁，汤色明艳，黄红剔透；滋味鲜爽，苦涩较低；茶味柔润，韵底强劲；汤质黏稠饱满，蜜香浓厚，饮之扣人心弦，饱含厚重的历史感。茶气上扬，口感强烈，有旧易武茶风。即使闷泡亦无苦味，入口绵柔润和，口腔刺激小，汤润水甜，有厚度、有分量。甘韵绵延不绝，甜度持续不断。茶性柔中带刚，如群山耸立，重岩叠嶂。茶气之强，是百丈沟壑，悬泉飞瀑，酣畅淋漓。

根植易武，香传世界。2008年3月，我偶得10余饼"张毅顺时兴易武春尖（2004）6公斤普洱生茶饼"，并将其收入悦泰博物馆珍藏。

时代风云变幻，易武茶重新出发，古道尘土飞扬，驼铃声声，那是易武茶征战四方的号角。一饼老茶，恢宏厚重，茶针撬开的是一段历史回音；一杯老茶，浓酽醇厚，鲜活了灵魂深处的茶人精神！

016

# 梅 子 泉

2016
隆冬
北京钓鱼台

云南普洱茶里有两样东西令人惊艳：一个是"烟香"，一个是"梅子韵"。

一款普洱茶的香气通过种植时期熏染周遭植物或者后期制作工艺可以创造出来，例如：樟香、参香、陈香。但是普洱茶的韵味就没那么简单了，它不仅受茶树生长环境、茶叶制作工艺和茶品后期存储等诸多不确定因素的影响，而且会因为品饮"时间""地点"和"人物"的氛围差异而迥然不同，用佛家的话来说，就是还需要那么一点点造化与机缘才可以拥有。

普洱茶的"梅子韵"是业内公认的"韵魁"，又是衡量和鉴别茶品的重要标准，在其众多茶韵中更是万中无一的可遇而不可求！因此有"烟香易得，梅子韵难求"的说法。

一杯晶莹剔透的"梅子泉"茶汤，在灯光下折射出美妙的酒红颜色，矜重而艳丽。氤氲青甜的香气与绵柔甘爽的滋味，二者彼此交融，在杯盏、口喉之间，幻化出清雅、甘甜的梅子香韵。

这惊艳美妙的茶汤滋味，很难用文字来诠释。"疏影横斜水清浅，暗香浮动月黄昏"，即便是古人诗句，也只能是绘意境而不得"真味"！唯有亲尝这惊艳美妙的茶汤滋味，闭口、深吸、凝神、遐想……才能置身那暗香浮动的世界。

提及九三"梅子泉"银元饼普洱生茶的由来，还得从林荣坤先生说起。

林荣坤，广东番禺人，著名普洱茶收藏家，"饮用普洱茶解决人体亚健康问题"的倡导者。自幼随父母学习中医，以茶配伍，医

术惊奇，破解顽疾，救人无数，拔毛济世，分毫不取，素有"广东茶侠"的美誉。

起初，这款茶品并不叫"梅子泉"。"银元饼"（或"便携饼"）是它的本名。那是在1993年春天，林荣坤决心要打造一款概念新颖、符合现代生活时尚的品质好茶，千里迢迢来到云南边陲的崇山峻岭中，寻找茶菁原料制作茶品。当时的茶山，环境十分恶劣，在当地茶农指引下，他不惧艰辛，攀岩登高，身影淹没于茫茫茶海，寻茶之旅可谓跌宕起伏，艰难曲折，数次身陷险境而不得其果……功夫不负有心人，历经千辛万苦，终于找到满意的古树原料。他把经初加工出来的茶菁散料，用传统石磨手工压制出一块块圆形小茶饼。因为茶饼大小与民国时期的流通货币"银元"规制形似，尺寸相近，小巧玲珑，携带方便，故而得名"银元饼"（或"便携饼"）。

由于当时的茶文化和消费市场主流是"追崇老茶"或"消费熟茶"，千辛万苦得来的"银元饼"并没有得到市场的广泛认可和接受。因此，林荣坤把"银元饼"用绵纸卷成一封一封的珍藏起来，不愿轻易售卖。

直至2016年秋天，我在广州茶人赵祖雄先生那里偶得数饼，翌日返京，与京畿资深茶人共饮，开汤鉴尝后，大为赞叹，给出八字评语："梅子香甜，茶终不散！"

这八个字一出，众茶人品，皆惊叹不已！

忽有人吟韩偓（唐）诗句《偶见》：

　　　　秋千打困解罗裙，指点醒醐索一尊。

　　　　见客入来和笑走，手搓梅子映中门。

"偶见"和"梅子黄时","酸涩青甜"的少女初熟情怀，令人神往，意境天成，故得名"梅子泉"。遂记其惊艳美妙的茶汤滋味：

> 茶香梅子青甜，浓郁高扬，持久不散。
> 茶汤厚重饱满，果浆蜜甜，香暖顺滑。
> 回甘清甜纯净，温润舒爽，无感入喉。
> 生津舌底鸣泉，双颊生溪，延绵不绝。
> 茶韵层次丰富，交相环绕，气袭肺腑。
> 叶底茎肥芽壮，软嫩舒展，还原如初。

九三"梅子泉"银元饼普洱生茶，于1993年被封存至今，后几经辗转，驻留于悦泰博物馆，珍藏醇雅之"真味"，期许有缘得遇之人，赏其姿容，抚其肌骨，鉴尝梅子香韵……

珍稀「廖福散茶」

2016
腊月
锦州王府酒店

　　2010 年，北京荣宝春拍"普洱茶专场"拍卖会上，一份20 世纪60 年代"廖福散茶"（176.9 克）竟以人民币39.2 万元的惊人天价成交，业界轰动。作为特邀嘉宾，我出席了此次拍卖活动，并亲历这一历史时刻。

　　这场拍卖会，仅以区区3.5 两的"廖福散茶"就拍出39.2 万元的价格，虚高程度，令人震惊。在拍品预展会上，我亲手冲泡和重点推介过这款与"印级茶"诞生于同一时代，见证中越文化交流的传奇茶品。对其特殊的风骨与滋味，印象极为深刻，亦是因此"惊艳"而被折服。

　　就茶本身而言，的确是世所罕见，堪比"古董茶"的珍稀茶品，值得传世收藏。拍卖现场曾几度欲举手竞价，怎奈尚未回过神来，价格已被推到高位，严重超出我的心理预期。

前面我们谈到两个概念，"印级茶"和"古董茶"。

"印级茶"是20世纪三四十年代，范和钧先生在云南筹建佛海茶厂（勐海茶厂前身），以中国茶叶公司名义实行茶叶统购统销开始生产的普洱茶品，如"红印圆茶""绿印圆茶"等，大规模出品应该是在新中国成立后五六十年代；而"古董茶"则是在"印级茶"之前，私人茶庄茶号制作普洱茶品的统称，像"福元昌""宋聘号""同庆号"等等，年代更加久远。

在普洱茶界，"印级茶"是备受推崇的元老级茶品，享有极高盛誉。带有边境传奇色彩的"廖福散茶"诞生于20世纪60年代，是与"印级茶"同一时代出品的茶品。

经专家研究，"廖福散茶"与"河内圆茶"同是越南的普洱茶菁，茶性风格大致相同，根据茶菁外形和口感风格判断，是北越的

茶品。另外，"廖福散茶"是最早在原始塑胶包装上标注"廖福茶号"的茶品，由于当时廖福茶号是一家私人小茶号，故而相关资料极少，唯有邓时海先生在《普洱茶》（第176、177页）一书中作了简单记载：

　　"廖福散茶茶菁细长，多细长梗条，茶面栗黄色，略带白霜，茶身轻碎干燥，油光不足，是生茶制作工序，干仓贮存，茶汤栗色，在清香中略带有微弱兰香，这也是一些比较优良而较新的边境茶应有的特别茶香。茶韵仍然很新，应该有三十年左右的陈期。茶汤微甜，厚滑而润喉，的确是极优良的北越茶菁，是边境茶中的佼佼者。"

　　长期以来，大家比较认同的说法是：茶是源于中国的古老经济作物，后经"茶马古道"走向世界！那么，越南茶品又怎么会传入中国呢？

　　云南省毗邻越南、老挝、缅甸3个国家，拥有4060公里的边境线。"茶马古道"同"丝绸之路"一样，都是我国先民迁移、文明传播、安疆固边、经济发展的国际化交通要道。中国的茶叶，沿着"茶马古道"行走在不同国家和地区之间，而国外的优质茶产品，自然而然也会通过"茶马古道"逆向易入中原大地。"廖福散茶"便是其中之一，它见证了中越文化的交流与发展。

　　"廖福散茶"由于量少珍稀，市面上十分罕见，许多资深茶人和高端藏家也是"只闻其名，而不得真味"。我却因为那次拍卖会，而对它念念不忘！

丙申年（2016）腊月初，我因事逗留辽宁锦州。清晨，窗外北风横扫孤叶，街道上冷清得令人胆寒，此刻若是喝上一杯烫口的老茶，该是多么温暖的享受啊！想到此，忽然记起，就在前日收到广州茶友蒙坚发来的快递，说是几泡不多见的老茶，由于赶时间出发，便随手放在车上，却不知是什么茶。

"60年代廖福散茶"，层层剥开快递包装，小紫陶罐子上赫然写着这行字。真的是它？我揉了揉眼睛，哦，真是这个名字！我迅速打开盖子，倒出茶叶凑到窗前，似曾相识！但光线仍然有些暗，继而打开手机闪光灯仔细审看，的确是它！

越南大叶种野生茶树原料茶品，清香中略带兰香，参香、樟

香、药香醇厚，荷香凸显，陈韵醇足，记得这香气可与茶汤相融，且一直持续到每一泡茶中。再见这"珍稀"老茶，感动中仿佛又重回那段"廖福散茶"的品鉴之旅！

真是"踏破铁鞋无觅处，得来全不费工夫"。

泡茶时，我拨通蒙坚的电话，问清原委。他告诉我说："机缘巧合，在香港茶人手中收得少量此茶。因市上少见，故寄来几泡让您尝尝。"我随即向他讲述与"廖福散茶"之间的故事，同时商谈将茶留给我，研究一下就收它入馆珍藏！电话那头，他边答应边惊讶地喃喃自语："真的那么巧！"

半个多世纪的陈放转化，细长的茶菁条索已呈栗青色，热干茶草药香、木质香、野樟香交织缠绕，浓郁高扬，感觉记忆犹新。汤色乌亮通透，黑中泛红，荡漾出油润波纹，灯光下仍然是墨玉般温润典雅。

茶汤入口，滑顺饱满，回旋中顿觉口鼻生香，陈韵渐显，清甜里冰凉之感油然而生，回甘持久，生津不断，极为舒服。第六冲后，茶气上涌，由丹田、胸腹一路往上传导，稳健缓释的茶气厚积薄发，连续打嗝，口喉回香，全身发热，温暖舒适。十二泡，茶汤依旧浓稠乌润，汤水更加柔顺，缓缓地滋润着身体，老药香、陈木香、野樟香、威化香依次充斥味蕾神经，畅快淋漓，惬意舒爽。茶香一直持续到尾水，浓郁香气伴随清甜汤汁，在口腔中与回甘生津形成一股特殊的甜美滋味。此时加入"回魂汤"（初泡水），似有流动的晶体在杯中舞蹈，美不胜收。

　　赏饮之际，震撼心扉，飘飘然已沉醉其中。

　　彼时未断舍离，此刻冷暖相依，无论谁是风筝，谁是线……一切尽是"机缘"。

陳·茶
CHEN
CHA

◎

温暖　震撼　沉醉

# 品鉴『易武古茶』

2017
初春
京南天华园

提起"易武古茶"必须从"六大茶山"讲起，要讲"六大茶山"，又必然从阮殿蓉说起！

阮殿蓉30岁时（1998年），出任勐海茶业有限责任公司董事长、总经理，勐海茶厂厂长。4年后，当勐海茶厂改革初见成效，经营走出困局，逐渐恢复生机的时候，她却毅然辞职，将目光投向更大舞台。

2002年，阮殿蓉主持创办了六大茶山茶业有限公司。这个"易武古茶"普洱生茶，便是公司创办当年压制的茶品之一。芳村市场里的"老茶鬼"们说："这个茶是当年的高端茶，也是迄今为止六大茶山中数一数二的明星茶！"那个时候"山头茶"并不怎么时兴，市场上还在追捧"乔木茶"概念。比如叶炳怀的"99绿大

树",张毅的"顺时兴",即便是"真淳雅",也没有突出"山头茶"的概念。我们认为阮殿蓉突出强调"易武古茶"这四个字,的确超前了许多,以至于在当时就显得有些"曲高和寡"了!

2017年年初,我应邀到广东省东莞市访友,有缘偶遇"易武古茶",随即向友人索取茶样。表示若真如友人所述,是一款经典好茶,便可收到悦泰博物馆珍藏。此时,恰逢北方初春时节,周末清晨,几位至交茶友应我之邀,早早来到"僮约台",期待品尝这款"易武古茶"。

抱着几分期许,小心翼翼揭开陈旧斑驳的包装绵纸,轻轻扫掉细碎杂渣。只见:干茶深褐、乌润、油亮;饼面圆润、饱满、厚重;条索肥壮、匀齐、舒展;芽叶嫩糯、显筋、露毫。茶撬8克,器选

10# 水平，水用冰泉，一切就绪，开始泡茶。

润泡期（1-2泡）感受：水静入，稍浸润后，茶叶渐展，壶内醇香淡雅，深吸茶香高长持久。茶汤汤面茶气弥漫，挥之复来，久而不散。茶汤微红，入口茶香茶气有微微的"爆破感"，舌尖、舌面无涩，喉无苦，有淡烟味，水路微甜。

冲泡期（3-4泡）感受：水高冲，茶叶旋转，茶香渐浓，茶气内敛。茶汤橙红明亮，水路细腻顺滑，内质丰富韵长。喉微苦但易化，舌根轻涩。

静泡期（5-9泡）感受：复静入水，茶香稳劲，茶气幽溢。茶汤汤量，逐道减少，色橙红通透，味酽醇厚稠，喉苦尽而回甘，舌涩淡而生津，似有似无，一滑而去。3饮后，汗生颈背，渐浸额颊，体感暖润，挥汗轻身。

浸泡期（10—13泡）感受：以15秒至1分钟渐进式浸泡为准，巅峰而回的感觉十分强烈。茶渐转木香、蜜甜。汤色淡橙，清甜甘爽，苦涩全消，舌底生津似有鸣泉，但不十分突出。

淋泡期（14–16泡）感受：久泡而淋，以升壶温，尽解茶质。茶气微，茶香弱，茶汤杏黄，亦茶亦水，清甜解渴，木质香、蜜甜感有明显加强。壶中茶叶完全展开，叶张敦厚，显脉多毫，梗壮芽肥，基本还原如初。

总体印象：茶菁混采，无长梗大叶，少量拼嫩梗，是当时普洱茶的采摘制作特征。标准的"云茶莞藏"，仓储优秀。

品饮此茶，可谓惊喜不断。如果说易武早期茶的经典是"同庆号""宋聘号""同兴号"和"福元昌"等号级茶，那么"她"便和"真淳雅""顺时兴""99绿大树"一样，称得上是易武中期茶的范例，值得收藏。

这正如宋代词人秦观词句描绘的："纤云弄巧，飞星传恨，银

汉迢迢暗度。金风玉露一相逢，便胜却人间无数。"总之，两个字
"完美"！

　　大家兴致勃勃，悉心研究，热烈讨论……不时传来哄堂大笑。
忽然一位茶友双手一摆，示意众人安静，继而说："今日有缘与'易
武古茶'相遇相知，其中滋味不可言喻。此情此景，用先生刚刚吟
诵《鹊桥仙·纤云弄巧》的后半阕词'柔情似水，佳期如梦，忍顾
鹊桥归路。两情若是久长时，又岂在朝朝暮暮'来形容，恰如其
分，望重逢之日不远。"言罢，众茶友起身、击掌、散去，留给我
的却是无尽的念茶之情……

# 性空和「言语道断」

2017
端午
苏州寒山寺

姑苏城外寒山寺，夜半钟声到客船。

恰逢端午清晨，我与紫砂名家王仕平先生从丁蜀出发，驱车拜谒寒山寺。

早就听闻，吴越之地的"端午"异乎寻常，好像不仅是屈原大夫的专属，文文莫莫的还纪念着伍子胥。叩问之下，仕平讲述了春秋末年吴越之战及伍子胥蒙冤被投尸胥江的故事。从时间上看，这比屈原早出200多年，在这里最初的"端午"，更多的是为了纪念设计修建苏州城的伍子胥。

初晴的寺院，格外洁净。一缕夕阳洒进禅房，习习清风，散尽午后惺忪。风炉煮水，洗器备茶，请来寺院方丈性空禅师和朋友们一同品茶论道。打开格纹提包，我不禁一愣，"言语道断"四字映入眼帘。"这茶名字真好，就喝这饼茶吧，正应了今天我们和寒山

寺长老禅堂吃茶的情景！”仕平笑着倡议，也不管朋友们的意见如何，抄起茶饼向众人面前一托。然后，就自顾自地向性空禅师介绍起我的"侍茶"经历……

　　言语道断，心行处灭。原本就是佛家用语，谓之不可思议。正如仕平所说，真的是恰与今日茶会相合。或许当年勐捷茶行找到勐库戎氏，在勐库冰岛地区上百款茶菁中选出3款原料定制茶品，并将之命名"言语道断"时，就已在冥冥之中与寒山寺注定了佛理机缘。

　　开茶之际，大家请我讲茶。初次品评，唯恐难以讲清说明，随即拨通前几天寄茶来的广州茶友赵祖雄的电话。免提状态下，大家边品茶，边与之交流感受，聆听"言语道断"背后的曲折故事。

　　2010年春天，作为勐库戎氏广州最大经销商勐捷茶行的吴捷女

士，不远千里来到勐库，与戎加升先生商议，想要订制一款在前一年"言语道断"基础上，品质"更上一层楼"的勐库老树顶尖级普洱茶品。不想戎老也正有此意，两人一拍即合。于是跋山涉水，遍走勐库地区，也包括冰岛茶山在内的茶山村寨，在100余款不同山头、村寨、茶园的茶菁中逐一品鉴甄选，最终确定3款老树茶菁作为原料。

戎老亲自拼配试制，按照古法反复推敲，才精制成饼。用吴捷的话说：茶品无论是从香气、滋味和体感都在新茶阶段就达到了"会当凌绝顶"的高度。其香艳令众人惊愕不已，瞠目结舌，一时间无法言喻，自然成为韩国高僧（佚名）口中的"言语道断"！

勐库戎氏始于1935年，三代传承的制茶世家，戎加升出生于1946年，是戎氏制茶技艺第二代传承人。1992年创立勐库茶叶配制所（勐库茶厂），1999年收购破产的双江县茶厂，成立云南双江勐库茶叶有限责任公司，是中国茶叶行业"终身成就奖"获得者。

吴捷是勐库戎氏的第一批经销商，60后茶人，同样出身于茶叶世家，爱茶成痴，1999年在广州创立勐捷茶行。

1991年冬，戎加升去吉林销售红茶，与早两年已在开发东北市场的吴捷相识，次年3月吴捷带料到勐库茶厂加工红茶，这也是首次合作。1998年，双江县茶厂破产重组，地区专员主动上门游说戎加升，最终以300万元的价格协议收购了双江县茶厂。戎加升为了筹措资金，委托吴捷急售红茶60吨，她尽心尽力，一个冬天跑遍黑、吉、辽，最终回笼资金50万元，助力收购成功，从而建立了深厚友谊。因此，双江县茶厂更名为双江县勐库茶业有限责任公司后的第一批合股名单中就有吴捷的名字。与此同时，在云南大学艾田老师帮助下，戎加升开始试制普洱茶，还特意调来吴捷跟随艾田老师学习实践普洱茶相关知识，逐渐形成了志同道合的制茶理念。

二人把执着与邃密投入选茶制茶当中，而并非营营役役地奔走在价格之间，重拾那种在当代茶界已渐行渐远的珍贵情怀，不同程度推动了云南普洱茶，特别是勐库普洱茶文化的形成和发展，重新定义了普洱茶收藏价值的新概念。

人是茶界巨匠，茶是勐库冰岛，味是冰糖蜜韵，缘是佛法无边。"无所不至，茹苦含辛，更百千万亿生而后成"，苏轼一语中

的。"言语道断"千里寻，百里觅，虽然来之不易，却又顺理成章，果真是天道使然，尽如人意。

若不是天定的佛理机缘，成茶时怎么会偶遇嗜茶的韩国高僧而得茶名？当下又如何会在寒山寺与性空禅师初品滋味？这一切，也只能释为它天资卓越，慧根深厚，岁月磨砺，时光炼化，如今已修得机缘，渐成正果。

校短量长，7年的陈期的确不算陈年普洱，然而就是这个陈期，它已显现出中期茶收放自如的平衡状态。茶汤琥珀般油润通透，茶烟幻化出曼妙感觉，茶香馥郁得蜜糖陈韵。深嗅茶香，香气融于汤中，在喉口处盘旋升腾，高度统一又能逐层释放，挺立着冲破束缚直袭"百会"，冷杯上挂定骄傲的兰花香，饱满温厚，摇而不散；细嚼茶汤，稠滑宽厚，果胶质感突出，回甘生津里满满的尽是冰糖蜜韵，滋味圆融稳重，却又鲜活生动，汤质丰沛充盈，丝丝的清凉如约而至，引着心神与它相易交流，爱不释口；意会茶气，

味酽甘韵，沁人心脾，高亢的温热气流含蓄持久，贯通经脉，通体轻热，细汗微发，酣畅淋漓之间不由得手抖心颤。

玉观堂用过"药石"，漫步石阶，寡语的性空禅师开示：言语道断，议没有了，心行处灭，思没有了，就是禅堂吃茶，你说"不可思议"。以言显义，得义言绝，义即是空，空即是道，道即是绝言，故谓"言语道断"！

沉默，止语，才能在普洱茶中体悟性空智慧，回归更深的醒觉与自由，取得真味。

◎

沉默　止语　性空智慧

『五星班章王』一饼难求

2018 腊月
景德镇真如堂

　　南峤茶厂，老一辈资深茶人们对它都有着特殊的记忆与情怀。它源于四大国营茶厂之一的"黎明茶厂"，由于黎明茶厂改制，又恰逢普洱茶收藏文化的兴起，2004年2月，以唐杰先生为首，带领原黎明茶厂的管理人员和技术骨干，创办了勐海县南峤茶业有限责任公司（南峤茶厂）。

　　南峤茶厂，位于驰名中外的普洱茶源头之乡——西双版纳州勐海县勐遮镇（原南峤县），其坐拥南峤、攸乐、班章、那卡、景迈、布朗等茶山资源。地理位置优越，茶叶品质优良，再加上制茶工艺精湛，南峤茶厂很快成为新生代精品普洱茶的代名词，享誉海内外。

　　提及唐杰，他从小生长于黎明茶厂，成年后入厂工作。从事过鲜叶收购、茶叶精制和茶品销售等多项工作，并带领团队创造了

"八角亭"品牌产品，稳定的质量与实惠的价格赢得了市场青睐。在磨炼中成长，使他不仅积累了丰富的制茶经验，同时造就出在制茶上一丝不苟、精益求精的匠人精神。南峤茶厂在他的引领下，以"品质源于专业，诚信铸造品牌"的理念，一心只为做好茶，创造出许多经典的普洱茶品。

南峤茶厂2005年度最佳"五星班章王"普洱茶就是其建厂以来的第一批，也是唯一一批高端班章茶。这批"五星班章王"限量2000千克，以357克/饼，42饼/件的规格计算，约有5600饼，133件左右。由于产量极少，加上近15年的市场消耗，如今存留在世上的"五星班章王"更是十分稀少，一饼难求。难怪有藏家称其为"高端稀缺藏品"，市场罕有流通。如果说南峤茶厂是老茶人眼中的"朱砂痣"，那么这款"五星班章王"则是藏茶客心目中可遇

不可求的"白月光"！

人间至味是班章，霸气回甘生津强！

"五星班章王"源自班章村。苍茫的布朗山，凭借地灵天秀，屏障天成，在远离尘世喧嚣中孕育出一颗闪耀的明珠——班章村。班章村位于勐海县布朗山深处，海拔高达1700-1900米。原始生态环境决定着班章茶，气韵狂野、强劲、霸道，使其极具帝王风范，品质尊贵无双。因此，在茶界"班章"二字理所当然地成为了高端普洱茶的象征。

"五星班章王"，以勐海县布朗山系班章村乔木大树春茶为原料，在唐杰的监管下，严苛选料，精心制作。茶品拥有强烈的勐海

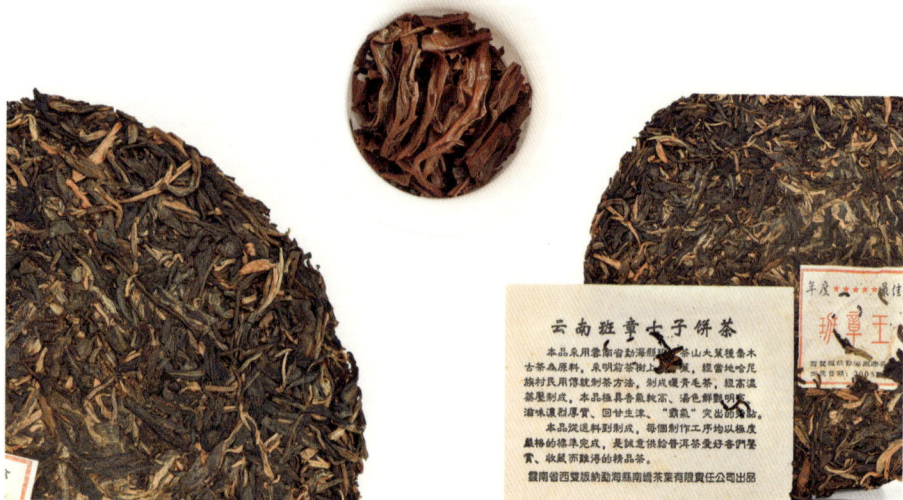

风格，浓烈霸气，从多个角度完美地呈现出班章茶的王者气韵。

岁月流光，自然干仓存放十几年的"五星班章王"，入口刚猛有力，锋芒暗藏，气魄高扬。初始阶段甘醇甜柔的茶汤裹住馥郁的兰香、蜜香、陈香，盘旋于口腔间久而不散。三泡后，回甘生津如千尺飞瀑倾泻而下，由内而外拍击身体，把体内闷气一扫而空！激荡的茶气席卷全身，令人手心、胸背、鼻尖轻发细汗，通身畅爽。此时，喉间梅子香涌现，又有蜜糖香甜叠加而来，随呼吸频频上升，萦绕全身。

"五星班章王"包装却与茶的口感品质有着极大的反差。包装设计的朴实无华程度，甚至可以称之为"简陋"。绵纸上印有"五颗星"，表示着茶品的品质等级；"班章王"3个大字屹立于版面中间；右边是"零五年年度最佳"，表明生产年份；左边是"西双版纳勐海南峤茶厂"；下方标注了"限量2000kg"。寥寥几笔，一目了然，且正是透露出那个年代的淳朴特征。

2018年年初，我偶遇少量南峤茶厂2005年度最佳"五星班章王"普洱青饼，因其茶品品质优秀，收藏价值较高，便将之纳入悦泰博物馆收藏。

陳茶
CHEN
CHA

◎

朱
砂
记

白
月
光

# 悦近来远「健身沱」

2018 立夏 广州白云山

5 月的广州，已是梅雨天气，绵绵细雨无尽无休。

昨夜的酣酒宿醉，还挂在祖雄脸上。时间已近中午，他仍然呆坐在茶台前发愣。

见到我和锦鹏进来，他定了定神，开始煮水准备泡茶。随着志雄、振斌和蒙坚陆续入座，"芳村六友"已齐聚汉武古茶。他翻弄着茶样，询问大家想喝什么茶？连日来，不是孔雀五星、六星就是村寨单株，所以一时间还真讲不出想要喝什么茶。

"要不要喝下去年咱们收的老茶？"他一脸灿烂地望着我，手里晃动的正是"98 健身沱"！

哦，"98 健身沱"记忆犹新！2017 年春节刚过，祖雄在市场偶遇这款老茶，当即打来电话，令我倍感兴奋。因久闻"98 健身沱"品质超群，极为罕见，是自 20 世纪 80 年代"健身沱"面市以

拍品名称：88 年健身沱
成交价：RMB24,640
成交时间：2014 年
制作年份：1988 年左右
工序：熟茶
茶厂：临沧茶厂
仓储：干仓
数量：5 沱
重量：490.6 克

来，如今能够见到的最老版本，夜航赶来广州，就是专为将它收入悦泰博物馆珍藏。

《神农百草经》说：茶叶苦，饮之使人益思，少卧，轻身，明目。

"方将定心魂，煮茗邀侪友。"清代袁树诗句大意是：需要镇定心神，稳定情绪时，就约来知己好友一同煮茶品茗。静心安神恰恰是茶叶的一个重要功效与作用，在医药典籍中流传下来。

2000年之后，普洱茶广为国人认知，茶友们谈及它的保健功效，更是如数家珍。几年前，有朋友在法国惊奇地发现，云南沱茶不是在茶店里卖，而是在药店或保健品专柜销售，华人圈里有三高病患到医院就诊，医生开的处方经常是：云南沱茶，两粒，药店去买！

1984年，正值国家大力倡导"发展体育运动，增强人民体质"，充分考虑到普洱茶对人体的保健作用，临沧市茶叶科学研究所创办了"健身茶厂"，同时注册"健身"商标。在1998年之前，"健身沱"的包装油纸上标注"临沧地区茶厂"；1998-2001年，改为"云南茶叶进出口公司临沧分公司"；2001-2004年，又改为"云南茶苑集团临沧分公司"，这一版本也是目前市面上比较常见的，从这个时期开始又被称为"后期健身沱"；到了2005年，因"健身"商标被评为"云南省著名商标"，茶厂再次更名为"临沧市健身茶叶有限公司"。

　　健身茶厂的茶品因其卓越的品质，深受茶友们青睐，特别是1998年至2000年出厂的茶品，一经售出，"回头客"络绎不绝。也正因此，市面上这一时期的"健身"茶品存量越来越少，甚至"一沱难求"。

　　祖雄将公道杯中的茶汤逐一分斟至茶盏中，奉与大家。他说：下关茶厂在改制前，曾与健身茶厂在技术革新和茶品生产上都保持着良好的合作关系。"98健身沱"不仅选料精良，从某种意义上讲还是健身茶厂与下关茶厂工艺技术的结晶产品，注定了其非凡品质。

　　它还有一个标志性特点就是，茶沱面上的"马蹄印"图形暗记。据邹家驹先生介绍，那并不是"马蹄印"而是"凤目"图形，被茶友误认了并广为流传。

　　对于普洱茶而言，20世纪的风云变幻造就了一个特殊时代，

在这个时代涌现出太多脍炙人口的普洱经典茶品，有些成为耀眼的明珠，有些则被时间蒙尘，静待伯乐。"健身沱"当是被埋没许久，才刚刚发掘出来的茶品，因品质、数量和年份等原因，"98健身沱"将当仁不让地成为它的扛鼎之作。

20余年的干仓陈放，时光炼化，岁月留痕，茶品转化优秀，已进入成熟期。干茶条索清晰，油润而富有光泽，香气纯净，兰桂馥郁，烟韵淡雅。滋味纯粹、厚重、绵柔，烟香在汤中与兰桂气息交融，凝练成特殊气韵，裹挟着野蜜香甜袭顶而来，持久不散。水路细滑，绵甜适口。三泡生津回甘，杯底蜜糖香起。四泡冰糖韵生，喉部润滑甘甜。五泡陈韵渐浓，体感茶气雄浑。饮至茶汤中段，背脊发热，额颊沁汗，仿若春风细雨润物无声，又如重锤密鼓敲击心灵，生命的运动精神此刻尽情释放……

叹为观止，拍案惊奇！茶喝到这份儿上，老茶遗风和"孔雀"筋骨，彻底征服了体感神经，大家感受极深，纷纷赞叹：在普洱茶的历史长河中曾留下很多的时代标杆。当代来讲，20世纪50年代的"红印""蓝铁"，80年代的"88青""商检8582"，90年代的"92方砖""93青""96玫瑰大益""97水蓝印"，以及现代何氏家族订制的孔雀和白菜班章系列，都被奉为殿堂级的经典之作，无论提及哪个，都令人肃然起敬。"98健身沱"当列其中，因为它无论品质还是价值都可赶超同辈，比肩孔雀五星、六星茶品。所以从鲜为人知到小有名气，它成为20世纪90年代中后期沱茶的标杆楷模，以至在未来其影响力会越来越大。

"健身沱的可贵之处，源于它是易武和昔归古树原料拼配而成的，底蕴极其深厚。"蒙坚拿起另一沱茶与"98健身沱"摆到一起，对比着给大家边看边说："由于历史原因，它还有一个中英文版本的，包装油纸上同时印刷中文和英文，茶品是同料同质，当时应该是专为出口海外市场而生产的。"

98健身沱"确是一款可以追比前贤，媲美"孔雀"的高颜值极品云南青沱老茶，值得珍藏传世。"健身"二字背后蕴含了积极向上、拼搏进取的体育精神，赋予普洱茶更加丰富的内涵和精神，唤起人们对美好事物的欣赏、品味与追求。

悦近来远，不枉我千里寻它……

# 师之初心 琢玉成器

2019
金秋
南京夫子庙

孔子生东鲁，斯文实在兹。

六经垂训法，万世共宗师。

邹炳良之于普洱茶，亦不亚于历代宗师之于中国文化。

有人会问，邹炳良何许人？能堪称普洱茶之"一代宗师"？

在当代，提及普洱茶，人们自然会想到邹炳良。无论是以恪守初心的精神论，还是以鼎定茶界的贡献论，他都是普洱茶历史上当之无愧的"一代宗师"。

邹炳良，中国普洱茶终身成就大师，普洱熟茶渥堆发酵技术发明者，原勐海茶厂厂长、总工程师，"大益"品牌创始人之一，云南海湾茶业和"老同志"品牌创始人，云南普洱茶认证中心首席专家顾问。对于云南普洱茶而言，他是泰斗级宗师，他的贡献改写了现代普洱茶历史，并深刻影响着现代茶文化的形成和发展，十分值得尊敬。

时间穿越回1957年，当刚满18岁的邹炳良踏入勐海茶厂的那一刻，便与普洱茶结下了金石不渝的一世情缘。或许是命中早已注定，在与普洱茶相濡以沫的半个多世纪里，他本人也修炼得如同普洱茶一样，色如宝石般深红纯粹，质如美玉般温润透彻。

早在20世纪60年代末，而立之年的邹炳良就开始思考，如何加速普洱茶的陈化，使之更加适应现代人们饮茶的口感习惯。1973年，他作为云南省选派的勐海茶厂技术骨干，前往广东考察学习"渥堆方法制造普洱茶"的工艺技术。考察归来，他与同行们一道组成技术攻关小组，结合云南实际自然条件和自己制茶理论实践，并充分吸收来自沿海及港澳地区的加工经验，经过反复不断的研究和试验，终于取得了普洱茶人工发酵的成功，开启了云南普洱茶高速发展的全新时代。此后，他根据自己的专业知识和实践经验，撰写了业界第一套关于普洱茶生产工艺和操作规程的教材，进而持续进行普洱熟茶规范化、标准化定型生产的实践探索，成为现代普洱熟茶生产的技术领头人，被业界尊称为"普洱茶一代宗师"和"现代普洱熟茶之父"。

1984年，45岁的邹炳良出任勐海茶厂厂长。当时云南茶叶实

行统购统销，市场认可的只有"中茶"品牌。作为勐海茶厂厂长、总工程师，他深深地意识到，勐海茶厂要做大做强不仅要有过硬的产品质量，而且必须要创立和发展自主品牌。他与厂领导班子共同创意、研究，因为品饮普洱茶对人体"大大有益"，所以设计创立了"大益"牌商标，并于1989年成功注册。直至1997年1月退休，他主持勐海茶厂13年间，品质优秀的明星茶品层出不穷，市场份额与日俱增，使"大益"品牌深入人心，为勐海茶厂创造出巨大的无形资产。

邹炳良先生退休后，难舍其大半生为之奋斗的云南普洱茶事业，更想结合现代工艺对普洱茶的生产工艺和产品质量进行改革提升。1999年，他与原勐海茶厂副厂长、资深普洱茶专家卢国龄先生共同创建了海湾茶业，继续他热衷的普洱茶事业。他们遵循"为天

下人做好茶"的质朴理念，传承创新，坚持不懈，经过10余年的努力，把海湾茶业发展成为集普洱茶原料和发酵基地、加工和生产基地及营销中心，产、供、销一体化的现代普洱茶领军企业。

邹炳良一生侍茶，是普洱茶历史上承前启后、薪火相传的"一代宗师"。他的研究成果，正在被众多普洱茶生产厂家广泛应用，为云南普洱茶产业的高速发展和普洱茶文化体系的日臻完善，做出了重要贡献。

1999年，海湾茶业创办伊始，邹炳良跟着茶农的脚步进入易武古茶山，在茫茫茶海亲自精心挑选普洱茶原料。意在为海湾茶业生产出首批堪比号、印级古董茶的易武传世茶品，7068易武野生普洱青饼应运而生。

众所周知，易武茶区拥有庞大的矮化古茶树群落，周边森林庇佑，光照条件优越，土壤全氮和碱解氮含量适中，茶树生长环境得天独厚。在这些古树群落中，还生长着部分未被矮化过的古茶树，这些古茶树便是极为稀有的野生古茶树，其形成和积累与茶树生长发育、自然环境条件密切相关。

据有关专家研究，普洱野生茶富含多种有益化学元素，特别是黄酮类化合物和氨基酸含量非常高。经验丰富的邹炳良，一眼就看出这些茶树的非凡本质，当下与茶农签订采购合同。果然不出所料，经由他运用7068配方精心调制，这批茶菁原料制成的茶品，滋味鲜甜柔和、香气独特、回甘悠长、韵味十足，"香扬水柔"的易武真味被展现到了极致。可惜的是，受茶菁原料数量所限，当时这款茶品批量较小。据资料记载，总量不超过60件，再经20年的消耗，几乎零落殆尽。尽管如此，品质原因使它的"破圈行动"依然强劲，无论是起初的海外、港澳茶商茶客，还是如今回流至国内的资深藏家茶友，给出的评语都是"基本符合野生、大叶、乔木的较高品级标准""标准的易武味""是海湾茶厂最早生产的生态易武最具代表的青饼"等等。大家口口相传，十而百，百而千，千而万……使之成为尽人皆知的明星茶品。

说来巧合，2019年广州茶博会恰好遇到邹炳良先生，我便将悦泰博物馆早期收藏且价值较高的少量1999年首批7068易武野生茶和2004年首批深山老树茶取来，请他签名留念。他很高兴为自己早期的茶品留证，因此饶有兴致地逐一为茶饼签名！

和很多茶人一样，我第一次品饮这款7068易武野生普洱青饼，就被它极致的"梅子甜韵"所吸引。茶汤入口，有清晰明显的苦涩底，但随即化开，且干净利落；三泡过后，苦涩全无，甘甜充斥着口腔，齿软喉轻，两颊津涌，一股浓厚的药香、蜜香、梅子香，贯穿首尾，四散升腾；饮至七泡，果木香隐隐而来，多重香气交替出现，令人感受明确，却又难以捉摸，20年的纯干仓存放，汤色红黄明亮，水路细腻顺滑，口感甜柔绵润，滋味鲜活纯爽，叶底肥壮糯软；直至十二泡，香气渐弱，滋味转淡，汤汁却更加清甜纯粹，舒展开的叶底，金芽显露，油亮鲜活。

时间的记忆，岁月的密码。每一位接触过这款茶品的人，都会在它身上阅读出不一样的东西。或空蒙的时间，或斑斓的岁月，或浪漫的传奇，或壮丽的人生……就像很多老茶客说的"陈年老茶时常遇到，但它所带给我们的惊艳感觉，无与伦比"无法言喻，又无从下笔，如遇心仪之人，只此一瞬，便钟爱一生！

◎

宗师心物外　为道运虚舟

# 宗匠澄怀 独运深山老树

2019 深秋
广州长隆

　　清晨，朝曦与晓雾，笼罩着苍翠的布朗山。密林深处的小路上，邹炳良先生持杖笃行，俯仰而察……

　　15年前，邹炳良已逾花甲之年。自勐海茶厂退休，特别是创办海湾茶业以来，他每时每刻都是怀着"为天下人做好茶"的信念，足迹踏遍云南各大茶山，严选上乘茶菁原料制茶，其中经典茶品不胜枚举。

　　然而，"向之所欣，俯仰之间，已为陈迹"，他并不满足于此，而是更加期望未来。彼时，为了寻得好茶，他不辞劳苦，深入布朗山，数度以身涉险，采集野生老茶树的茶菁样本，悉心研究，最终选出百余株野生老茶树，点亮他心中的"深山老树"。他苦心孤诣，执着于不断改良工艺，雕琢茶品，经过数十次拼配试制，首批2004年"深山老树"霸王普洱青饼压制成功。

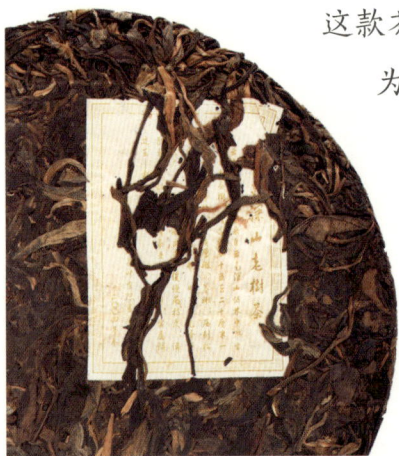

　　这款茶品一经上市，备受市场追捧，被誉为"沉淀普洱茶本味的臻品"。他享受着茶品在双手上升华的过程，同时严苛生产细节，坚持追求完美。他说："其利虽微，却长久造福于世。"后来，他亲自主持沿用这一经典配方，缔造了"深山老树"霸王普洱青饼系列茶品，成为海湾茶业巅峰品质的巨制力作，传承下来。

　　提及这款茶品，其背后还有一个典故。据记载，邹炳良最早试制生产"深山老树"普洱茶，是在2003年11月，当时规格为600克每饼，印刷版面注明的生产时间为"2003年冬"，因为是试制茶品，所以生产数量极少。到了第二年，也就是2004年，正式生产这批规格为500克茶饼时，由于版面风格不变，包装负责人只把生产日期"2003年冬"的"3"，替换为"4"，却忽略了这个"冬"字，自然而然成了如今"2004年冬"的错包版。结果茶品在这一年春天刚刚上市，就引来不少茶友对错包版的意见反馈，后来先生只好重做了一批生产时间为"2004年"的"深山老树"茶，所以市场上都认同了这批标注"2004年冬"的错包版茶品为首批。

　　机缘巧合的是，2019年，我有幸在广州茶博会上遇到邹炳良先生，遂将悦泰博物馆早年收藏的这款"2004年冬"首批"深山老树"普洱茶取来，请他签名留念。邹炳良不仅欣然应允，而且是逐饼亲笔签证，同时给我们讲述了这款茶品从选料制茶，到错包上市背后的曲折故事。众人聆听，方知原委，感动之余，不禁

肃然起敬。

布朗山位于云南省西双版纳傣族自治州勐海县境内，靠近中缅边境，是著名的普洱茶故乡，也是云南至今古茶园保留最多的地区之一。这款2004年首批"深山老树"普洱茶的包装版面上是这样描述的："云南深山老树茶采自云南深山丛林中野生零散的古老茶树。精选枝长十五至二十厘米一芽二叶初展；芽壮，叶质厚嫩，茎嫩，压制松紧适度。感观舒适，汤色鲜艳，明亮有光泽并富有活力。茶香优雅而文气，缓慢而持久；滋味醇和而回甘；经海湾茶业精心制作，实属饼中之王——霸王饼。"这也是后来人们之所以称它为"霸王饼"的主要原因。

深山秘境隔绝污染，森林沃土厚积养分，蔽日云雾孕育浓香，

经年岁月生成蜜韵，这便是"深山老树茶"。

　　茶品饼形工整，圆润饱满，宛如满月，条索清晰，银毫显露，芽叶壮硕。茶汤橙红明亮，翻滚的山泉水，唤醒了茶的灵魂，厚重的岁月凝香，扑面而来，心情也随着这温柔的香韵变得舒适静逸。野生老树茶菁制成的茶品自然是滋味浓强，酽绝超群，甜与苦在口腔中激荡碰撞，苦尽甘来，甘韵生于舌面，盘旋而起，又猛然落触心头。三泡之后，便是无尽的生津回甘，细腻的水线串联起体内每个关节，带着"梅香"与"野劲"席卷全身，茶气随之由内而外沁透毛孔，使人轻汗微发，畅然愉悦。

　　深山老树茶，内涵物质丰富，山野气韵强劲，口感丰富平衡。众茶友品鉴后，皆翘首赞叹："这才是云南普洱茶最本真、最原始、最应该有的滋味！"正所谓"绕梁三日，余韵不绝"，令人回味无穷，流连忘返！

　　双手合十，乃是将力量凝聚；制心一处，便可把梦想成真。这

就是先生的"宗匠"之心，也是我们这个时代最为稀缺的匠人精神和大师情怀。澄怀观道，感恩这种"宗匠"精神，用我们的砥节砺行，担当起这种精神的代代相传，通过不断创造出这样或者那样的优秀茶品，为人们开辟出远离浮躁的一隅安宁。

# 联袂『金帆』世纪佳作

2019 冬至 廊坊嘉木堂

北方的冬天格外寒冷，鹅毛大雪飘洒一夜，窗外满目皑皑。晓阳透过漫天的细碎冰绒，柔抚着银装素裹的大地……此时若是喝上一杯柔糯醇香的陈年老熟茶，当是无比惬意的精神享受。

红泥火炉上的山泉水，松风般地吱吱作响，案几上端正地摆放着这饼2002年联名纪念版老熟茶。纸张和印刷虽然有些斑驳破旧，却不失其世纪佳作的风范和气质。小心翼翼揭开薄绵纸，扫去碎茶纸屑，茶饼圆润饱满，端庄厚重；茶面条索壮硕，金毫显露；干香淡雅怡人，花木陈韵。

净手撬茶，备器温杯，冲泡间整个嘉木堂弥漫着兰影茶烟，在这层层叠叠的暖香中，仿佛置身虚幻仙境，心神俱宁。晨起时的冰天雪地早已九霄云外，捧杯暖手，红浓明亮的茶汤，通透干净，醇香与甘甜在杯中碰撞相融，荡漾出柔婉的诗意。在花木陈韵交织缠

绕的气息中，体味岁月沉淀的年份感觉，似是而非地咀嚼出当年母亲怀中的味道，熟悉而又温暖，儿时记忆一股脑浮现出来，莫名的感动涌上心头……

　　轻啜茶汤，浓醇温润，稠若米浆，顺滑厚重，甘甜如蜜，18年的陈放，炼化出难以言喻的勐海滋味。沉甸甸的茶汤盘旋于口喉之间，饱满厚实的茶气裹挟着飘逸的花木陈韵，犹如清波，脉脉流动，用温暖缓缓述说着岁月经年的奥秘。三五盏茶后，胃肠之间暖流涌动，胸背发热，周身细汗微微，由内而外的岁月凝香，洗净心灵蒙尘，使人通透畅然。由于当时茶品选用勐海茶区乔木古树原料渥堆发酵，手工压制成饼，所以丰富的内含转化物质持续释放，耐泡度极高，直至二十余泡仍不掉滋味，尾水依旧汤色红艳，口感醇滑。

　　几乎所有普洱茶友，都是从饮用熟茶开始步入普洱世界的。为我们今天提供这场"心灵盛宴"的"金帆"老熟茶，诞生于2002年，是为纪念中土畜产成立50周年（1952—2002），与勐海茶厂联合制作出品的。其意义非凡，在普洱茶界有着举足轻重的分量。

　　说它意义非凡，除了直观的

品质原因和纪念意义，更主要的它是中土畜产和勐海茶厂强强联手，缔造出来的经典普洱熟茶。一个是普洱茶发酵技术的初创者，"金帆"普洱茶是一代茶人不可磨灭的记忆；一个是普洱熟茶渥堆发酵技术的发明者，勐海茶厂亦是在邹炳良大师手中将普洱熟茶发扬光大。二者强强联手，共同缔造的这款茶品，涵盖了普洱熟茶发展历程中的全部工艺结晶，可遇而不可求，堪称普洱熟茶中的世纪佳作，为我们带来这一场从舌尖到心灵的盛宴。细心的茶友会发现，在茶品的简介说明中，时任中土畜产广东茶叶进出口公司总经理穆有为先生作了亲笔签名背书，足见其问世之初的显赫身份。

穆有为现任中国茶叶流通协会副会长，广东省茶业协会会长，广东茶叶进出口公司董事长。据他介绍，广东茶叶进出口公司的前身——中国茶业公司广东分公司成立于1952年，作为中国茶业的

"共和国长子"，在中国茶叶出口历程中扮演了十分重要的角色。由于当时拥有中国茶叶出口经营权的只有广东、上海和福建 3 家公司，所以广东公司不仅要负责广东地区，还要肩负整个华南、华中和西南地区的茶叶收购与出口业务。1965 年"金帆"品牌创立，并在中国以及中国香港、中国澳门和美国、加拿大、澳大利亚、欧盟、非洲知识产权组织等 50 多个国家和地区注册。其系列茶品以品质优秀、风格独特和包装精美享誉国内外市场，行销 100 多个国家和地区，至今累计为国家出口创汇超过 50 亿美元。

　　说到普洱熟茶的诞生，那是在 1955 年中土畜产成立不久便开始组建科研小组，研究普洱茶发酵技术。经过反复试验，于 1957 年初步形成工艺流程，并开始试制，应该说"广东普洱熟茶"最早出现在 20 世纪 50 年代中后期。当然，不可否认普洱熟茶是在勐海茶厂得到真正的发扬光大，1973 年邹炳良在原"广东普洱熟茶"发酵技术基础上，根据多年制茶经验，不断进行工艺调整，才终于完善了普洱熟茶的渥堆发酵工艺体系。其后，由于勐海茶厂渥堆发酵技术远超业界同行，加上精湛的拼配技术和一流的制作水平，创造出无数普洱熟茶经典茶品。作为普洱茶人工后发酵技术的发明研创厂家和这项工艺技术最早的推广应用者，勐海茶厂长期引领着普洱茶，特别是普洱熟茶产业的发展。

有关数据显示，在市场上存世量较大、覆盖面较广的陈年普洱茶，确是以勐海茶厂生产的茶品居多，其"大益"商标则是茶叶行业中的著名品牌，被业内公认并推崇成为经典普洱茶的代名词，成为众多茶人竞相收藏的普洱珍品。这也是当时我们选择与勐海茶厂合作生产这款50周年纪念茶的主要原因。

联袂而生，凝聚山川气韵；浓墨重彩，积淀岁月浓香。这一切只为演绎今天的"金帆"世纪佳作的心灵盛宴。

窗台上的兰花长出稚嫩的花苞，深绿修长的叶子挺拔向上，注目窗外，雪似乎没有将融的迹象。一阵寒风卷着落叶，呼啸而过，惹得雪花再度飞舞。沉思中回味，温暖、感动，而当下更重要的是如何拥有……

拾得『大渡岗』

2020
腊月
天津文化街

对于普洱茶来说，20世纪90年代中后期，国营茶厂正值改革阵痛，印级茶已是强弩之末，难穿鲁缟，下一个时代趋势尚不明朗。也正是这个时期，一大批优质普洱茶涌现出来，如"96真淳雅""98顺时兴""99易昌号"等等，为中生代普洱茶播撒下"群星璀璨"的种子，悄然开启了一个新的普洱茶复兴时代。

在这要谈的"99大渡岗"就是其中之一。

"99大渡岗"诞生于普洱茶现代发展史的重要转折时期。1996年秋，云南省西双版纳傣族自治州政府组织企业家前往香港招商，香港各行业商会对口接待。其间，港九茶行业商会的几位资深老茶商，向国营大渡岗茶厂的李正行先生介绍了邓时海先生的《普洱茶》一书，并建议他尝试制作普洱茶。

生产普洱茶？他曾一度举棋不定。市场需求，友人建议，经

过深思熟虑，又与经验丰富的制茶师傅们共同研究，他决定放手一试，终于在1999年生产出了第一批"99大渡岗"圆宝七子饼普洱茶。

此后不久，国营大渡岗茶厂的主要技术骨干脱离茶厂，另立门户创立了昌泰茶行，并制作出赫赫有名的"99易昌号"。所以，业界也有人说"99大渡岗"是"99易昌号"的"前辈"或者"长兄"。

不得不说，"99大渡岗"是"99易昌号"的基石之作，与之相比，品质也不逊分毫。但是由于宣传和推广力度不够，导致明珠蒙尘，在很长一段时间里无人问津。当"99绿大树""99易昌号"等茶品都已被广为人知，甚至成为"明星"受人追捧的时候，它却静待岁月，鲜为人知，沦为中生代普洱茶的"遗珠"。

直至遇到香港茶人浮云先生，这颗"遗珠"才登台亮相，绽放出五彩光芒。浮云被"99大渡岗"的口感所折服，对其品质给予高度评价："99大渡岗的微苦茶韵一旦转为甘醇，其价格势必向99易昌号看齐，甚至超越。"

"99大渡岗"圆宝七子饼茶，特选易武野放大树茶菁为原料，手工压制而成。历经20余年的时光炼化，使之茶质厚重，香气陈浓，气韵醇正，体感沉稳。栗红色的茶汤在口中滑过，仿佛唇边舌尖触碰果冻般"软滑"，带来丰富、饱

满、致密的口腔感觉，轻涩均衡，转瞬即化，汤感甜暖滑软，极度沉稳。回甘如喉间涌蜜，生津似舌底鸣泉，能感觉到茶汤在口腔里豁然起舞，花香、蜜香、果香、木香交织缠绕，伴着幽幽的山野气息，呼吸间席卷全身。茶气沉而不重，茶性稳而不滞，这种"动"与"静"的表现在它身上已达到不可思议的深度融合，确是一款难得的中生代普洱茶精品。

我曾数次与"99 大渡岗"相遇，或许是机缘未到，所以大都是擦肩而过的一尝了之，虽然早已爱不释手，却始终未有所得。直到 2020 年年初，才有幸在台湾茶商手中收得百余饼，珍藏于悦泰博物馆。

作为易武茶承前启后的经典茶品，"99 大渡岗"，如今已成为 20 世纪 90 年代十大标杆茶品之一。面对存世稀少、价格高昂的"宋聘号""福元昌""同庆号"等古董茶，"99 大渡岗"毫不示弱，以时间为笔续写着中生代普洱茶的传奇。

# 白水清『绿大树』独步天下

2020 仲秋
佛山雅居乐

看到这个标题，相信大家已经感觉到了一些江湖气息。在云南普洱茶的江湖上有一个名字——白水清，可谓大名鼎鼎，关于他的传说更是人所共知。

您或许会问，白水清何许人也？

他是全国政协委员，全球普洱茶"十大杰出人物"之一，他的人生充满传奇色彩。他懂茶、爱茶，痴迷于茶，纵横茶界，搏浪商海数十年，在普洱茶文化和科研领域建树颇丰。他对于云南普洱茶，奉献良多，荣誉等身，堪称"普洱教父"。

白水清先生出生于福建安溪，20世纪80年代初赴香港经商，辗转中药材、玉石等行业，虽很努力，却未获成功。作为安溪人，

他对茶叶情有独钟，又拥有天然的资源优势，转战茶叶贸易应是驾轻就熟、事半功倍之选。于是，他毅然决然地改行投身茶叶行业，在香港筚路蓝缕，沐雨栉风，开启了他传奇的"商道"人生。

香港是普洱茶版图中极为重要的消费市场。他深谙茶业商道，对香港普洱茶市场嗅觉敏锐，早期便开始收藏年份老茶，苦心孤诣30年，个人的普洱老茶藏量就占整个香港市场的60%以上。以茶营商，以茶会友，以茶论道，他在普洱茶商场上获得巨大成功，其行业影响力更是举足轻重，动关大局。与此同时，他广结同道，拓展人脉，致力于将云南普洱茶文化植根香港，远播世界。

正是基于在茶文化领域的高深造诣和对普洱茶的突出贡献，他被推选为世界茶文化交流协会会长，香港普洱茶王；2003年6月，被福建省人民政府授予银质奖章；2005年，当选首届全球普洱茶

"十大杰出人物"。曾有云南茶界人士给予他这样的高度评价：云南普洱茶在香港市场能有如此高的知名度和市场占有率，这位"普洱教父"做出了巨大的贡献。

他不但是一位成功的茶业商贾、一位普洱茶的文化使者，更是一位初心不改、持之以恒的制茶巨匠。他知茶理、懂茶性，拼配技艺高超，不同山头、不同品种、不同年份的普洱茶，经他匠心拼配，取长补短，相得益彰。有人说，他是普洱茶拼配的"魔术师"，凭借高超技艺，可以将普洱茶拼配出至真至醇的"人生滋味"！

这款南峤茶厂（2006）"绿大树"白水清监制版勐海早春老树特制普洱青饼（以下简称"06绿大树"），就是在这样一位制茶巨匠的指导下诞生的。

据传，2006年白水清亲自上茶山选料，以云南勐海县班章、勐宋、巴达等名山名寨的早春乔木老树茶菁为原料，首次借鉴"88青"配方，同时按比例进行新、老茶菁拼配。这种多维度拼配方法，不仅展现了"88青"配方的经典，优化了不同山

头茶菁的口感特点。而且，将不同年份茶菁糅合在一起，新茶与老茶，鲜爽与醇厚，轻盈与沉稳，此消彼长，完美融合，令茶品口感惊艳不已。难怪在当年制茶时，他便预言："10 年以后，这款茶比别人放15 年的茶要好。"

诚然，这款"06 绿大树"，确实转化得更快。时隔15 年开茶品鉴，其顺滑醇厚，霸气兰香，竟有20 年，甚至是25 年茶品的火候；淋壶追香，仿佛一幅名画被徐徐展开，率先涌出的是馥郁的兰花香气，接着木香、药香交替出现，悠远而高长，这是年份老茶特有的香气组合；落口历喉，丝质顺滑，果冻般颤、软、稠、柔，饱满而流畅，滋味甜醇汹涌，喉韵深，体感强；茶啜数盏，温热茶气直冲丹田，返袭胸、背、两肋，使人通身发汗，气爽神清。

回眸2002 年广州茶博会，百克普洱茶竟拍出16 万元天价，轰动一时，普洱茶市场骤然升温，价格大涨。到了2006 年，这种市场形势愈演愈烈，加上"06 绿大树"师出名门，仓储良好，又是南峤茶厂的巅峰之作，一上市就被茶商瓜分殆尽，直接导致茶叶市场罕有出现。如今，即使有钱，想喝到"06 绿大树"，可能真的是需要一点"机缘"相助才行……

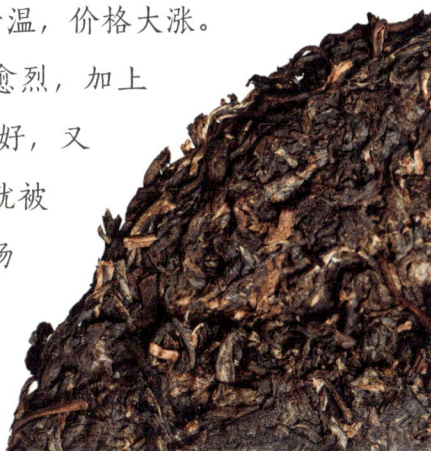

　　"失之东隅，收之桑榆。"2020年10月，我到广州访友时，偶遇南峤茶厂"06绿大树"少量茶品，幸得一啜，便知其得未尝有，遂收之入悦泰博物馆珍藏。

# 植源先生爱茶

2020
深秋
顺德广德源

　　"血染江山的画，怎敌你眉间一点朱砂，覆了天下也罢，始终不过一场繁华。"看似情爱之句，却意中了陈植源先生的爱茶。

　　2019年深圳茶博会上，兴海茶厂（2005）陈植源错包版班章王普洱青饼（以下简称"05班章王"），价格飙升到98万元一件（500克/60饼）。

　　"05班章王"选用纯正老班章茶区老树茶菁，在陈植源的指导下，由兴海茶厂制作而成。它霸气刚烈，香高味酽，被业内公认为升值潜力巨大。每一位领略过它的识茶友人，都会不约而同地联想到价格斐然的"班章白菜系列"普洱茶。它从诞生的那一刻起，就备受追捧，如今已成为无数老茶客囊中必藏的"王者茶品"。

　　那么，"05班章王"为什么会拥有茶界普遍的认可和超高的

评价呢？

老班章茶优秀的基因、陈植源严苛的选料和兴海茶厂高超的技术，成就了这款享誉茶界的"王者茶品"。

说到这里，我提炼了3个关键词，那就是"老班章""陈植源"和"兴海茶厂"。只有弄清楚这3个词及其之间的关系，才能掷地有声地告诉您这是怎样的一款"王者茶品"。

班章为王。从地理上看，"班章"的行政区划，归属于云南省西双版纳傣族自治州勐海县布朗族乡班章行政村。其下辖老班章、新班章、老曼娥、坝卡囡和坝卡龙5个自然村。在茶人们眼中，"班章"是位于布朗山的老寨子，是普洱茶的著名产地，这里出产的普洱茶价格昂贵。"班章为王"的班章，一般指的是班章行政村所辖

的5个自然村出产的普洱茶,而"老班章"则特指老班章自然村出产的普洱茶。

"老班章"始于15世纪70年代后期,自哈尼族先民迁徙到此,便开始养护山中的古茶树。这里位于布朗山深处,海拔高达1700—1900米,天地灵秀,云雾苍茫,绿色屏障,远离喧嚣。良好的生态环境、气候条件和植被体系,孕育出基因优秀的极品好茶。特别是2005年以前,老班章还保持着只采春、秋两季茶的传统,所以较之现在,茶树得到养分更充足,茶叶所含内质更丰富,茶品各项表现更优秀。

植源爱茶。陈植源,广东佛山人。20世纪80年代开始经营茶叶生意,1986年在顺德开设当地第一家私人茶庄——"广德源",2007年在广州南方茶叶市场开办广德茶行。他是佛山市茶叶流通协

会监事长，叱咤风云的"茶叶大王"。陈植源自己也说不清楚是因为懂茶而爱茶，还是因为爱茶而懂茶。正如开篇所叙，他爱茶已爱到"宁弃江山不舍茶"的至高境界。"05班章王"的诞生始末，就是"植源爱茶"的生动故事。

2005年初春，陈植源前往云南茶山选料制茶，与同行的生意伙伴来到布朗山，在班章老寨试茶。他试茶全始全终，并且逐棵茶树试喝，用他的话说：云南的茶树都有各自的"性格"，但不代表棵棵都适合。就这样一天下来，遗留的茶渣多到可以装满一大桶，别人早已因肠胃不适而"喝不动了"，他却依然故我，乐此不疲。友人问他肠胃受得了吗？他从容而答："受不了，但我能坚持。"

"05班章王"的茶菁原料就是这么逐棵茶树选出来的。由于2002年以来，普洱茶市场火爆，价格持续上扬。2005年，茶菁原料价格上涨30%以上，原本准备合作收购这批茶的生意伙伴纷纷退却。面对千辛万苦选出的3000千克多茶菁原料和难以独自承受的资金压力，他彻夜未眠，整夜在"难以割舍"与"资金困局"间辗转反侧。经过深思熟虑，最终决定倾尽全力筹措资金，再难也要吃下这批茶……

如果说"艰苦试茶"还不足以印证他的爱茶情结，那么，因茶菁原料大幅涨价而带来的变故，则把他因"嗜茶如命"而痛苦抉择演绎得淋漓尽致！

　　兴海技术。2000年年初，兴海茶厂创立于云南省西双版纳傣族自治州勐海县境内，其地理优势明显，坐拥优质茶树资源。茶厂创立时，人员构成主要是勐海茶厂部分退休后被返聘且制茶技术高超的老师傅，和被分流出来的有着丰富制茶经验的老员工。以勐海茶厂老班底为基础，聚集了相对雄厚的制茶技术实力，使之以"技术全面、严谨制茶"著称，迅速崛起于普洱茶行业。兴海茶厂生产的茶品种类丰富、质量上乘，而且绝大部分都是经典之作，曾多次在专业大赛中获得"茶王奖"等殊荣，赢得了海内外茶商、茶客的广泛认可与厚爱。从此，兴海茶厂声名鹊起，雄霸一方。

　　值得一提的是，"05班章王"茶品规格最初设计为400克，陈植源认为不够大气，难与相称，兴海茶厂随即改压500克茶饼，但是包装绵纸却仍标注了400克，出现了"错包"，所以称之为"错包版"。如今看来，当时不经意的"错包"，不仅成为茶品外包装上的典型特征，而且被当作查验茶品真伪的特殊符号。

气吞山河，志在无疆。2020年3月，我到顺德专访陈植源先生，忆起当年"班章为王""植源爱茶"和"兴海技术"强强联手，无懈可击，使"05班章王"博得霸气刚猛的"王者气韵"。往事历历在目，大家感慨不已……随着6000余个日夜的流逝，"霸气刚猛"愈加炉火纯青，"王者气韵"愈加出神入化。

而今再赏这款"王者茶品"，500克茶饼奇伟磅礴，大有气贯长虹之势，一开汤便充分展示出班章老茶的独特魅力：

干茶乌润油亮，深褐显毫，条索肥壮，饱满匀齐。

香气话梅糖香，浓郁高扬，凝杯聚盏，持久不散。

茶汤韵足香高，霸道猛烈，回甘蜜甜，生津泉涌。

体感雄浑有力，疏经展络，渐生轻汗，荡涤全身。

陈植源手法娴熟，气度雄远，"05班章王"在他冲泡间，层层茶气升腾跌宕，令人仿佛立于山巅之上，俯阅群峰。若能得之一二，藏于悦泰博物馆，便是慰藉平生，得偿夙愿。

◎

宁弃江山不舍茶

醇熟『绿大树』

2020
初冬
北京钓鱼台

在普洱茶界，"勐海茶厂"可谓闻名遐迩，其影响力更是可撼天地。这不仅是因其茶叶生产历史悠久，并掌握核心制茶技术，更重要的是它的众多经典之作，在近代茶业发展历程中创造了无数的"普洱传奇"。

众所周知，勐海茶厂拥有两大核心制茶技术——"拼配"与"发酵"。

"拼配"技术自不必多说，"7432""7542"和"8582"等明星茶品的传奇故事，茶界早已耳熟能详。

"发酵"技术的出现，可以说是普洱茶一次革命性的重大改变。20世纪60年代末到70年代初，勐海茶厂直接参与普洱茶渥堆发酵技术的研发工作。自1973年开始试制普洱熟茶，并且边试制产

品，边创新技术。随着普洱茶"发酵"技术的不断成熟和应用，一个波及世界的普洱熟茶市场被创造出来，勐海茶厂也因这份里程碑式的贡献，进一步奠定了在普洱茶行业技术的领军地位，发挥着不可替代的典范作用。

"绿大树"系列曾是勐海茶厂的高端"拳头"茶品之一，又是名山野生大树纯料茶，所以这注定了它的高贵血统和收藏价值。

有传闻说"绿大树"最早出现在20世纪80年代，而有记载的第一批却迟见于1993年，起初并不出名，也没有被过多关注。直到1999年，广东茶商叶炳怀先生找到勐海茶厂，与苏品学先生共同研究，并定制推出"99绿大树"之后，才让"绿大树"这三个字在普洱茶界尽人皆知，成为被追捧的"明星"茶品。一时间，茶人

们都以了解或拥有不同年份版本的"绿大树"为谈资和荣耀,"红票""黑票""大2""小2",震动茶界,故事不断……一个"绿大树"的传奇时代陡然形成。

20世纪八九十年代的普洱茶市场,主流口感是熟茶,"喝熟茶"已成为人们时尚生活的追求之一。勐海茶厂的熟茶主要是外销到香港等地区,市场需求原因,熟茶等级不高,一般都在三级以下,久而久之,积压了大量高等级熟茶原料。

物以稀为贵,随着市场上对高端熟茶的呼声不断且越来越高,为迎合市场,同时解决高等级熟茶原料滞销问题,勐海茶厂决定特制一款高等级普洱熟茶,"绿大树"普洱熟茶随之应运而生。

勐海茶厂"绿大树"2001年易武正山野生特级品普洱熟茶,沿袭经典,精选易武野生乔木古树茶菁为原料,是第一款大益版"绿大树"普洱熟茶,极具收藏潜力。熟悉普洱茶的人都知道,云南野生乔木古树茶菁茶性刚烈,口感刺激,苦涩度强,制成生茶,转化较慢,然而一旦经过岁月沉淀,其所呈现的品质口感十分惊艳。这就是为什么市场上大名鼎鼎的"红印""黄印""7532""7432""绿大树"等经典茶品都选择野生乔木古树茶菁作为原料的原因。普洱茶"发酵"技术应用在野生乔木古树茶菁上,缩短了陈放时间,催生了转化效果,虽然与陈年生茶有明显的区别,但是仍然能够充分表现野生乔木古树茶菁的优秀品质。

"01绿大树"普洱熟茶包装设计非常简单，却十分生动形象。版面顶部弧状排列"易武正山野生茶"主名称；横排向下是"特级品"字样；居中赫然挺立一棵绿色大茶树，这也是它被人们俗称"绿大树"的原因；绵纸下方印有"云南省勐海茶厂出品"的繁体字样，标明了生产厂家。

　　这批"01绿大树"普洱熟茶，是中茶悦泰早期收购的茶品之一。专业干仓储存，20年如一日未被惊扰，岁月流转，时光炼化，易武野生茶沉稳、厚重、绵甜的独特魅力得到释放。让品饮者虽未亲眼所见，却能体会其"万马奔腾"狂野过后的酣畅淋漓。

　　"01绿大树"普洱熟茶，饼面厚重饱满，条索匀齐；干茶色泽深褐，乌润油亮；干香陈木相兼，凝重优雅。当沸水注入壶中，与干茶碰撞出高亢浓郁的陈香和木香，陈年老熟茶独有的香气四散升腾；茶开三泡之后，陈香渐隐，茶香从高亢四溢转向沉稳厚重，木香、菌香倾吐馥郁，枣香、药香绽放芬芳，茶汤醇糯甜滑，生津

泉涌，回甘蜜甜；饮至九泡，汤色不减，浓红依旧，且越发通透明亮，柔中带刚的茶汤和着绵厚有力的茶气从鼻、口、舌、喉、胸、腹滚动至丹田、两肋，再推向脊背，循环往复，冲击着身体的每一处神经；进入尾水阶段，汤清色弱气微，越喝越甜越解渴，虽说各项指标都有不同程度降低，但较之其他熟茶，仍然能表现出其卓尔不凡的优秀品质。

品饮和收藏"绿大树"，已不是一款普洱茶那么单纯，也不仅仅是滋味与价值的体现，更是人们对勐海茶厂、对"绿大树"传承经典的依赖与信任！

# 六大茶山 一山一味

2020
冬月
石家庄西美五洲

"六大茶山"在行业内赫赫有名.提起"六大茶山",不得不提一提它的灵魂人物——阮殿蓉女士,她的传奇故事一直在茶行业中流传,至今仍为茶人们津津乐道。

阮殿蓉,1968年出生于云南昭通,西南政法大学民商法学院研究生毕业。她长发及腰,面容姣好,步履轻快,性格爽朗,是勐海茶厂的"五朵金花"之一,被人们誉为"普洱茶皇后"。

1998年是阮殿蓉人生的转折点,也是勐海茶厂的一个重要历史时段。30岁的阮殿蓉被西双版纳州任命为第六任勐海茶厂厂长。与其他前任勐海茶厂厂长们不同,此次就任,她是临危受命。这一年的勐海茶厂负债累累,对外(茶农)欠款高达1000多万元,茶厂亏损严重、濒临倒闭,陷入至暗时刻。

阮殿蓉回忆起这段往事,脸上浮起淡然的微笑,"书记当面指示我说:'政府深知勐海茶厂的现状,你既是法学出身,又精通财务。该停就停,该关就关,该破产就破产。'其实,政府就是希望能有一个既懂财务又懂法律的人,以合法手段关闭勐海茶厂。当然,做得好了,那是'老树疙瘩发新芽'。言下之意,死马当作活马医,即便我无法力挽狂澜,也不会被追究任何责任"。

尽管如此,她不忍心眼睁睁地看着拥有着悠久历史,培养过众多普洱茶匠的国有茶厂就这样消失在历史尘埃里。她希望通过自己的努力挽救茶厂,让茶厂起死回生,重现旧日荣光!

为此，她详细了解了茶厂的经营管理情况后，又深入茶园车间，全面了解生产情况，并且跑遍全国各大传统茶叶市场。经过多番市场调研与分析，她发现粤、港、台地区都在卖云南本地人都不喝的普洱茶，而且占据市场一定份额，销量可观。反观占据本厂生产大头的红茶、绿茶，与其他省份相比却算不上质量上乘，缺乏竞争优势。因此，她力排众议，对茶厂的生产结构进行大刀阔斧的改革——关闭CTC红碎茶和绿茶生产线，坚决实施以普洱茶为主的生产结构。不得不说，她高瞻远瞩的战略目光，把勐海茶厂带入普洱茶时代，培养出核心竞争力，为未来勐海茶厂走向辉煌打下坚实基础。

不破不立，破而后立！

这句话不仅仅是阮殿蓉之于勐海茶厂，更是六大茶山之于阮殿蓉。

当她一手打破勐海茶厂的困局，改革初见成效，茶厂逐渐恢复生机的时候，当她被列入勐海茶厂"五朵金花"之一，获得"普洱茶皇后"殊誉的时候，她却毅然决然辞去勐海茶厂厂长职务，将目光投向更大的舞台。

辞职是为了更好地发展，更纯粹、更专心地去做茶。

阮殿蓉在制茶世家出生，她的童年、青年时期都是在浓郁的茶香中度过，她对普洱茶有着特殊的感情，普洱茶已不知不觉成为她的信仰。在她看来，云南古茶树的存在，确定了茶的发源地是中国，人们也因为普洱茶的诞生，从而对茶叶世界多了一层新的收藏认知，普洱茶必将对人们的生活产生巨大影响。所以她要创建一个符合自己对普洱茶构想的茶叶品牌。她要寻遍崇山峻岭，把更多好茶带出云南大山，呈现到世人面前，从而希望人们通过喝好茶获得精神力量与人生思考。

她超前的眼光、广阔的胸怀、高远的站位和对普洱茶饱含浓情的大格局，催化了"六大茶山"的创立。而"六大茶山"的诞生，又帮助她把云南普洱茶带上了消费型市场的新起点。同时，使普洱茶市场形成了收藏与消费并重的新格局。

清代阮福的《普洱茶记》数次提到"茶产六山"。普洱茶讲究"山头主义"，正所谓：一山一味，各不相同，每座茶山所产的普洱茶滋味迥然相异。而"六大茶山"的存在，恰好让茶友们了解普洱茶丰富多变的口感风格，进而在深厚的文化底蕴中对普洱茶有一个初步认知，想必这也是她取名"六大茶山"的真正意义。

　　想学习了解普洱茶文化，正道之一是：从"山头茶"开始。所谓"山头茶"，指的是普洱茶由于产区不同、地理位置不同、气候环境不同，导致各茶山出产的茶叶内含物质有着明显的区别，香气滋味也是各不相同。

　　"六大茶山"的创立，为广大茶友们了解普洱茶提供了一条"正道"捷径。普洱茶的首要价值在于饮用，要推广普洱茶文化，正门正道的茶品很重要，这才是给每一位普洱茶消费者最好的"礼物"。故此，2002 年，"六大茶山"创立之初，阮殿蓉便带领骨干班子踏遍云南澜沧江两岸的知名茶山，采摘、筛选茶菁原料，历经千辛万苦，首批推出六大茶山野生系列普洱茶：班章野生茶、邦崴野生茶、易武正山野生茶、攸乐野生茶、倚邦野生茶、南糯野生茶。这六款"山头茶"涵盖澜沧江两岸六大著名茶山，其"霸""硬""柔""烈""香""甜"的各自口感特征被表现得淋漓尽致，可以使广大茶友对云南普洱茶有一个较为全面、系统的了解，这也是我们不惜高价收入"博物馆"珍藏的真正原因。

下面是我和茶友们对这六款2002年首批"六大茶山"山头野生茶的一些认知和感受，仅供大家参考。

## 班章之"霸"

每一位走进普洱茶世界的人都会听过这句话："班章为王！"班章茶在普洱茶世界里就是王者风范，霸道狂野，放荡不羁。

班章茶的特点有赖于它独特的生长环境，老班章海拔1600米以上，最高海拔达到1900米，平均海拔1700米，属于亚热带高原季风气候带，冬无严寒，夏无酷暑，原生态植被多样性文化保存完好。目前，班章村里现存近5000亩古茶园，年产青毛茶约50000千克。

品鉴此茶，它所释放的强大气场，一登场便能震撼众人，浓烈、馥郁的兰花香气沉于杯中，融于汤里，暗香似蜜，厚重高扬。茶汤橙红、深邃、明亮，耐泡度高，入口即有"气韵酽强"的感

觉，茶气饱满，热烈奔放。舌面苦味沉重，转瞬即化，生津迅速，回甘猛烈。茶至舌底，甘味特别明显，继而入喉、腹、丹田、两肋，王者气韵，荡气回肠，不可言喻！

## 邦崴之"硬"

邦崴地处澜沧江以南的崇山峻岭，为澜沧"五山六水"的扎发谷山脉分支之一，是澜沧江畔很早就有人工种植茶叶的古老原始沃土。因村中至今仍存活有迄今1700年的野生型过渡普洱茶茶王树而闻名中外。

由此可见，邦崴是千年古村寨。古老的种植历史，让邦崴茶生来便有一股古老而尊贵的厚重历史感。邦崴拥有海拔1640–1780米的高山，年平均气温约16℃，年均降水量约1200毫米，红壤土地。据资料记载，邦崴的茶树资源十分丰富，其独特的生存环境，孕育

了一大批古山茶科植物，最终在时间的演化下，成为野生古茶树群落和过渡型、驯化栽培型古茶树群落。

邦崴野生茶的茶风硬朗，茶汤入口沉甸甸的岩韵明显，有矿物质强直释放的冲击感，饱满鲜爽，使人惊奇而愉悦。香气层次分明，直来直去，没有丝毫的迂回和委婉。滋味浓烈，醇厚稳健，舌面与上颚中后段微苦涩，甘韵强而集中于舌面，以点状式刺激味蕾，生津奔如泉涌。

## 易武之"柔"

易武是一座古镇，在西双版纳州勐腊县西北，为云南"六大茶山"之一。据《普洱府志》记载："云南迤南之利，首在茶。而茶之产易武较多，茶味易好。"

易武茶是清朝贡茶中最昂贵的茶叶，有"价等黄金而名重天

下"之称。在清末时期，云南茶商大多集中在易武开设毛茶厂，易武茶的产量是六大茶山之冠。

易武正山在海拔656-2023米。海拔差异巨大，形成了立体型气候，具有温湿、温暖型两种气候特点。因此，也造就易武茶的风格以"温润柔雅、蜜香回甘"而著称。茶汤入口柔滑而质厚，香气舒缓而悠扬。舌面和口腔后部，梅子香与野蜜香交替出现。苦味轻，涩味弱，回甘生津快、长且持久，水路细腻，清甜柔美。正所谓：六山之柔，名动天下！

## 攸乐之"烈"

攸乐古茶山，又被称为"基诺山"，是六大古茶山中唯一一个不在勐腊县的正山。攸乐古茶山种茶、制茶、贸茶历史悠久。据资料记载，早在清代道光年间，攸乐茶已远销印度和欧洲。攸乐山的

茶树、茶园在海拔1100-1500米，其面积较古六大茶山是最大的，古茶园面积已达到一万亩左右，位居历史上"六大茶山"之首。土壤介于砖红壤和红壤之间，土壤肥沃，土层深厚，森林覆盖率较高，有机物质含量丰富。

攸乐茶属乔木大叶种，外形条索紧实，油润显毫。苦涩重，回甘快、生津好，香气清烈。茶品苦涩均衡，香型口感与易武接近，茶菁色泽较深，水柔香扬，舌面收敛感较强，舌根处有苦底，但化得开，回甘优秀。攸乐茶总体偏柔和清润，明快爽朗。不愧为"烈而不燥，苦尽甘来"的上乘茶品！

## 倚邦之"香"

倚邦古茶山是云南普洱茶六大古茶山之一，位于江东。倚邦茶区种茶历史悠久，茶叶品质优良，是上等普洱茶的盛产之地。倚邦茶山的海拔差异较大，海拔最高可达到1950米，山高谷深，江河纵横。倚邦野生茶生长于高山长河之中，环境好，水土优，山野气浓，气韵开阔！

倚邦野生茶的芽头是它的一大亮点，其芽头较小，条索黑亮较短细，是典型的小叶种。独特的山野花香与果香在"六大茶山"之中，是其独一无二的典型特征。独树一帜的香气表现，深受广大

茶友喜爱，使之闻名于世而经久不衰。经历岁月，高雅的兰花香更加浓郁，充盈于唇齿之间。涩显于苦，苦淡，茶汤入口软糯，汤质饱满，回甘生甜，水路细腻而丝滑。后期，越喝越清甜，且持久耐泡，可达十五六泡以上。

## 南糯之"甜"

南糯山自古以来就是澜沧江下游西岸最著名的古茶山，最早开始种茶的时间已不可考，其平均海拔1400米，年降水量在1500—1750毫米，年平均气温16-18℃，十分适宜茶树生长。

南糯山茶树属乔木大叶种，茶菁肥壮。茶汤入口苦涩味不明显，强劲的茶气里透着蜜香，进而显露出茶汤的甘韵。汤汁在口腔中回绕一周，使人明显感受到厚实与黏稠，过喉的瞬间茶汤顺爽柔滑，回甘生津特别强劲，有如"舌底鸣泉"，稳定而持久。

　　"刚柔相济"是南糯山古茶特殊的口感特征。"刚"在于它入口强劲的香韵、喉韵及回甘生津和黏稠感强烈；"柔"是茶汤质地柔软，喉韵舒爽温润。也正是这份"刚柔相济"的独特韵味，令它在云南众多古茶山中赢得一抹惊艳！

　　这正是：一山一味，各不相同。六款野生茶由阮殿蓉女士亲选制作，"六大茶山"出品，18年后，被收入悦泰博物馆珍藏，把每一饼茶都打上了"双重烙印"。这6款"山头茶"具备强烈的茶山风格，在岁月的磨砺下，变得圆润、平和。茶汤背后的丰富内涵，不仅耐人寻味，而且也必将深深影响着品饮和鉴藏它的人们……

　　在未来，我们期待着和它一同去领略普洱茶的精神世界，去汲取普洱茶的精神力量！

# 「咬七」红大益典藏

2021
正月
京南悦泰博物馆

云南普洱茶中，特殊时代的茶品，往往都承载着那个时代的特殊纪念意义。

悦泰茶楼二楼走廊的展示柜中，就端放着这样一款具有时代特殊纪念意义，勐海茶厂改制前出品，悦泰博物馆早期收藏的"时代典藏"经典茶品——勐海茶厂2003年"咬七"版红大益7542普洱青饼。按茶品名称所示，在正式介绍品评这款茶品的感受之前，有必要对"勐海茶厂""7542""红大益"，特别是"咬七"做些扼要的说明，这样更有利于茶友们全面了解和正确认识这款经典的普洱茶品。

"勐海茶厂"，我们在很多文章中都有提及。该茶厂原名佛海茶厂，1938年范和钧先生和张石城先生带队赴云南省勐海县开始筹建，历时两年有余，1940年建成投产，范和钧出任首任厂长；中华

人民共和国成立后，于1963年被更名为"云南省勐海茶厂"。

"7542"是普洱茶的唛号。在20世纪八九十年代，茶叶曾一度以唛号为名——即以数字方式来表示茶叶名称。当时，茶叶唛号有四位数字和五位数字之分，普洱茶的唛号大多为四位数字。所谓"7542"，开头两位数字"75"代表茶叶配方研发创制于1975年，第三位数字"4"代表茶叶以4级茶菁为主要原料，最后一位数字"2"是当时勐海茶厂的编码代号。"7542"是勐海茶厂改制前，生产数量最大的普洱青饼茶品，是"大益"最为经典的传统生茶唛号，迄今为止，一直都发挥着普洱青饼品质的标杆作用。

"红大益"，顾名思义就是红色包装版面，带有"大益"商标，勐海茶厂出品的普洱茶品。20世纪末，国家改革开放即将进入高速发展时期，此时勐海茶厂也有意识地创立了"大益"品牌。自1989年，"大益"商标注册成功后，勐海茶厂出品的普洱茶饼里大都埋有"大益"内飞，包装版面也陆续开始使用"大益"标识。"红大益"诞生于20世纪90年代中期，是"大益"茶品体系中的经典系列茶品，因其包装版面以红色为主，所以被称为"红大益"。"红大益"系列有不同数字（唛号）配方的茶品，"7542"是其中之一，勐海茶厂改制前生产的"红大益"7542茶品，因其具备勐海茶厂早期优质茶品的风格，在面市之初就备受追捧，也因此又被称为"早期红大益"。时光荏苒，岁月流逝，如今"早期红大益"系列茶品，绝大多数都被普洱茶收藏家雪藏囊中，不肯"露白"，市场上更是罕有出现。

"咬七"的由来则与这批2003年"早期红大益"7542普洱青饼的外包装有关系。因其外包装绵纸上"云南七子饼茶"中"七"字的折钩上方出现了齿状缺口，极似咬痕，所以被俗称为"咬七"版红大益。在当时或许是出于防伪断代的考虑，当然也可能是印刷模板破损的原因，导致错印，不过现在人们更为公认的说法是当年生产时故意留下的"暗记"。但无论如何，"咬七"已成现实，无可否认的是它为这批2003年"早期红大益"7542普洱青饼烙上了其独有的特殊符号。

2003年"咬七"版红大益7542普洱青饼，茶菁原料选自云南省西双版纳傣族自治州勐海县的"布朗基地"和"巴达基地"。这里气候温和，雨量充沛，云雾缭绕，生态优越，是世界茶树发源地，优质普洱茶核心产区。得天独厚的自然环境，孕育了"红大益"

优秀的茶菁原料，其压制的普洱茶品"色""香""味"均属上乘。

在制作工艺方面，它虽为"拼配茶"，由于运用了入选第二批"国家非物质文化遗产名录"的普洱茶制作核心工艺——"大益制茶技艺"，加上勐海茶厂70年专业制茶经验，科学严谨，追精求纯，创造出这批卓越的"时代典藏"普洱茶品。

2003年"咬七"版红大益7542普洱青饼，北方仓储，纯干存放，在近20年的转化中实现了第二次成长，状态已渐近完美，若久藏之，则必会在日趋成熟中问鼎巅峰。

初春的清晨，乍暖还寒。嘉木堂窗台上的兰花开了，白色的花朵娇嫩无瑕。此时心境大好，便撬了7.5克"咬七"版红大益，独自品尝这"时代典藏"的茶中滋味。

揭开绵纸，深褐乌润的茶饼，在晨光的映照下泛出油亮的光泽，一缕清香扑面而来。凑近些再闻，陈香、木香交织萦绕，晨醒的惺忪，霎时已荡然无存。

注入沸泉，花香惊现，与陈香、木香交相竞艳，难解难分。伴随着茶汤的流动，壶内、公道杯里、茶盏中香气袅袅，四散升腾，立时就是"一室茗香"！

茶汤啜口，橙黄微红的茶汤油润度极高，沉甸甸地滑过喉咙，宛如浓稠的米浆顺滑而下，奇强的喉韵被层层剥开，山野气息随之奔涌而来。

生津回甘，沉稳有力的茶汤，涩味退散，略显苦味，生津回甘十分迅速。数秒之内带来生津的完美感觉与体验，饱满、强劲，充斥着整个舌面。三泡过后，凝重舒爽的野蜜甜充盈而至，满口蔓延，绕喉不散。

茶气遒劲，即使已存放转化近20年，茶气依然霸道、刚猛，爆破感极强。总体感觉是"未及而返，意犹未尽"，仍为后期存放转化留有空间。继而再饮几杯，体感强烈，热流涌动，胸背发汗，通身畅然。

尾水阶段，十二三泡后，清甜的茶汤包裹着绵柔的气韵娓娓而来，述说它孤独中静待光阴的成长故事……

当今，茶人们已习惯于以勐海茶厂改制为界，把"大益"茶分割为"改制前"和"改制后"的两个不同时代。2003年"咬七"版红大益7542青饼，当仁不让是勐海茶厂改制前经典茶品的代表之一，被赋予了特殊纪念价值，成为茶友们怀念那个时代的记忆书签。

收藏『紫印老班章』

2021
早春
廊坊嘉木堂

相对而言，普洱茶是"越陈越香"的茶类，也就是说生产年份越早，保存时间越久的普洱茶价值越高。因此，大多数普洱茶爱好者都以标榜其年限久远为荣，茶商茶客们也基本上是以年限来论价格。

为什么说这款"紫印老班章"是印级茶和名寨茶"熔铸"而成的茶品呢？在这里首先要和大家说说"印级茶"和"名寨茶"的概念。

所谓"印级茶"，简单说就是以普洱茶包装绵纸上的"茶"字不同颜色印迹来区别表示"红印""绿印""黄印"等不同茶品。要详细说"印级茶"，还得从"1950年"这条时间轴线说起。1950年之前，被称为"号级茶"时代，俗称"古董茶"，如百年宋聘号、

同庆号、同昌号等。1950年以后，"印级茶"逐渐成为主流茶品，此时普洱茶包装上大都用红或蓝单色印有"中国茶业公司云南省公司"和"中茶牌圆茶"字样，以及"八中茶"标志，主要茶品有"红印圆茶""蓝印圆茶"……

从1968年开始，普洱茶改由各茶厂自行生产，外包装上统一用"云南七子饼茶"字样，并注明茶厂名称，以"八中茶"标志中"茶"字的不同颜色来区别茶品，如："七三青(绿印)""八八青(绿印)""橙印青饼""小黄印青饼"……

"名寨茶"，顾名思义就是指以有一定名气的村寨为地理标志生产普洱茶的统称。其较之人们常说"名山名寨"茶中的"名山"茶，地理范围更小，茶菁原料来源更单一，以"老班章"为例，该

村有5块不同方向"茶地"，口感略有不同，这5个不同方向"茶地"出产的茶都叫"名寨"茶品。

说到"紫印"，它是20世纪90年代初勐海茶厂比较著名的经典配方茶品，代表当时普洱茶的主流方向。由于90年代中后期已进入普洱茶发展的转型阶段，所以"紫印"出产量十分有限，市场上几乎很难见到。

为了延续经典，早在20世纪90年代末，勐海茶厂就筹划准备推出一批品质上乘的"紫印"普洱生茶。但由于受当时观念和条件所限，直到2002年，时任勐海茶厂厂长阮殿蓉辞职，"紫印"也未能面市。

阮殿蓉辞职后，创立了六大茶山公司，"六大茶山"品牌成为"可溯源体系"最早的践行者。普洱茶市场开始出现了"山头茶"的概念，"名山名寨"茶也随之兴起，开启了"班章为王"的时代。

2003年年初，阮殿蓉又与六大茶山公司共同研究"紫印"的生产计划。经过一番讨论，最终选定以3年陈老班章村寨老树茶菁为原料，由阮殿蓉监制，六大茶山公司生产，推出"紫印老班章"老树七子饼普洱生茶。至此，曾几度搁浅，又历经数年，印级茶的传奇和名寨茶的品质终于被熔铸到了一起，不再留下遗憾。"紫印老班章"的问市，标志着普洱茶发展历程进入了一个充满活力的崭新时代，也在其发展的关键转折时期，镌刻下不可磨灭的时代烙迹。

2021年春节期间，广州茶人赵祖雄先生寄来"紫印老班章"与我分享。两泡茶而已，不屑间又忍不住想去尝尝，毕竟是有历史价值和收藏意义的茶品。正月初三上午，一缕阳光洒进嘉木堂，照射在高悬于西墙上方的"读书乐"匾额上，虽是百年印记，陈旧斑驳，却在阳光下熠熠生辉。我心血来潮，当即取一泡（约7.6克）茶，用160毫升容量紫砂壶独饮"紫印老班章"。

近20年的陈放转化，赋予它极为沉稳的气质。干茶色泽深褐乌润，芽头规整显毫，条索清晰紧结；香气花木相交，着水初现梅子甜，淡烟香，杯底香浓郁且明显上扬；茶气劲烈霸气，岁月磨砺虽已使之平和内敛了许多，却仍难以掩盖其迸发而出的王者气韵；茶汤酒红明亮，醇香厚重，沉甸甸地挂满唇齿舌喉；口感丰富饱满，蜜甜含香，生津快，回甘强，呼吸间似有丝丝缕缕的薄荷凉甜；喉感润滑舒爽，清凉蜜韵，有明显的坠入轨迹；叶底肥嫩，芽叶彰显，深褐隐绿，软糯鲜活，冷香梅子韵持久悠长，蜜甜中散

发微微的蔗糖香。几杯过后，茶气随茶汤过喉，直入肺腹，沁透全身，胸背额颊，微微渗汗，身轻手颤，虚无通透。确是一款与"印级老班章"之名十分相称的收藏茶品。

尝过"紫印老班章"，惊喜、愉悦之感油然而生。既遇好茶，岂肯失之交臂！我径直追问其出处，方知收藏者是广州著名资深茶人杨长战先生。托友人，出重金，几经周折才劝说他转让一件"紫印老班章"于我，收藏至悦泰博物馆。

# 景谷记忆

2021
春月
张家口财富中心

十年浩劫，伤痕累累。神州大地，百废待兴。

"1979 年，那是一个春天，有一位老人在中国的南海边画了一个圈……"正像这首《春天的故事》里唱的那样，改革开放如春雷响彻寰宇，像春风拂过天地，似春雨滋润万物。自此，亿万中华儿女精神抖擞，意气风发奔向新生活……

景谷茶厂20 世纪80 年代油光纸浮贴飞"文革普洱熟砖茶"（以下简称"80 年代文革砖"），就诞生在20 世纪80 年代那个峥嵘的岁月。景谷茶厂长期生产"文革砖"普洱熟茶，这批"80 年代文革砖"或许是为了纪念结束一个灰暗痛苦的旧时期，迎来一个充满生机的新时代。然而，谁也不曾想到，它会成为40 年后，人们怀念那段奋斗岁月的"记忆书签"。

景谷茶厂，以制茶技术功力深厚著称，在行业内有口皆碑。20

世纪70年代末，完成普洱熟茶生产工艺技术革新；80年代初，普洱茶发酵技术日趋成熟，经渥堆发酵的茶菁原料，主要供给云南省茶业公司，生产熟茶；1985年，获国务院颁发优质产品证书，"醇味高堆发酵法"得到充分肯定，因此奠定其"推动普洱熟茶生产工艺技术革新"的历史地位。

有学者实地研究认为，"醇味高堆发酵法"是景谷茶厂在普洱茶发酵生产工艺方面长期保持科学严谨态度的成果。第一次潮水渥堆，堆高便超过150厘米，在行业内这个渥堆高度绝无仅有。同时，潮水量超过50%，甚至接近60%，这么高的潮水量，在行业内同样是独一无二的。茶堆高度和潮水含量，直接影响茶堆温度的上升速度，带来的结果是发酵得更完全、更充分，制成的普洱熟茶醇味更高。

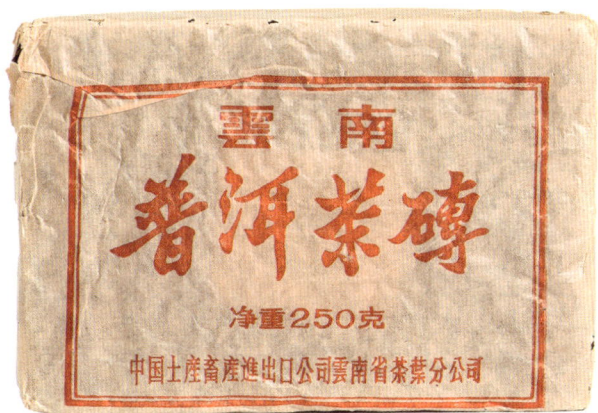

在生产实践中，这种"醇味高堆发酵法"掌控难度极大，十分考验技术人员的敏锐性、判断力以及耐心与速度，茶堆温度一旦达到"翻堆点"，无论昼夜，必须立即翻堆，如此反复翻堆8次以上，耗时长达6—8个月之久。在茶菁发酵的中后期，还要根据含水量，在茶堆中加入通风桶，以通风排湿。最后，出堆筛选，一款品质上乘、滋味醇厚的普洱熟茶才能呈现出来。

茶菁原料的精细丰富，技术人员的精湛严谨，发酵工艺的成熟稳定，造就了景谷茶厂独步一时的熟茶品质，使这款"80年代文革砖"成为当时普洱熟茶的高端标杆茶品，名噪一时，受人追捧。

"80年代文革砖"，净含量250克，采用早期手工油光绵纸包装。为了起到防伪作用，印刷时"雲"字用了"长短雨"，"洱"字用了"闪电洱"，业内人士、资深藏家和普洱茶爱好者都知道，这些是20世纪80年代典型的风格与特征。

近40年的岁月磨砺，干茶乌润油亮，条索粗壮清晰，芽头呈

书籍名称：深邃的七子世界（1950-2004）

现"铁锈红"颜色。开汤冲泡，浓郁的陈年气息扑面而来，陈香过后是幽远的茶香，二者一先一后，层次清晰，相辅相成，仿佛二重奏的美妙乐曲，和谐自然，相得益彰。茶汤呈深栗色，浓艳、通透、明亮，泛出老茶特有的油润光泽，汤面"薄云笼罩，氤氲旖旎"。茶汤入口，一股陈香茶韵迅速霸占整个口腔，汤汁浓稠，回味甘甜，糯、厚、醇、滑四大特点凸显。继而细品，陈香茶韵里包裹着荷香、兰香、樟香过喉，浸润脾胃，暖烘烘地向外延展，使人通身发热，舒爽至极。

据现代研究资料显示，以云南大叶种普洱茶原料（晒青）的内含成分为基础，在发酵过程中微生物代谢的作用，使其内含物质发生氧化、聚合、缩合、分解、降解等一系列反应，产生丰富的有益菌群衍生物，进入人体后不仅对胃没有产生刺激，而且能够在胃的内表层形成附着膜，经常饮用可以起到养胃和护胃的作用。

　　"80年代文革砖"，生产于那个特殊的奋斗年代，纪念意义丰富且重大。当今市场十分罕见，仓储干净的更是稀缺至极，具有较高的收藏意义与市场价值。正是这些原因，悦泰博物馆早在2011年便将其入馆珍藏。

　　每当我们怀念一个时代或一段岁月，都会寻求其特有的历史符号和生活味道。相信景谷茶厂的这批"80年代文革砖"，尽管岁月流逝，却不能磨灭其陈年气韵，它会继续为人们标注出那个特殊年代的奋斗记忆。

# 孤品『水蓝印』

2021 春分 廊坊僮约台

"8582"声名赫赫，在普洱茶界尽人皆知。

2009年12月6日，中国嘉德秋拍曾拍卖过一桶（7饼）20世纪80年代的8582普洱青饼，当时估价为人民币10-13万元，最终成交价为11.2万元。

可以说，"8582"是继"7542"之后，勐海茶厂又一款普及面极大的明星茶品，深受广大茶人，特别是港、澳、台以及东南亚等国内外茶商茶客的喜爱。

那么，"8582"到底代表什么意思呢？在这里有必要先和大家说一说茶叶的"唛号"。

在20世纪八九十年代那个特殊的时代背景下，茶叶产品以唛号为名——即以数字方式来表示茶叶的名称。当时，茶叶唛号有四位数字和五位数字之分，普洱茶的唛号大多是四位数字。其中，开

头两位数字代表茶叶配方的研发创制年份；第三位数字代表主要原料茶菁的等级；第四位数字代表生产厂家的编码。"8582"指的是其配方于1985年研发创制；用八级茶菁为主的原料拼配而成，因为在当时收购云南茶菁的等级分配大致可分为"五等十级"（即，一等一二级、二等三四级、三等五六级、四等七八级、五等九十级），然后再依不同比例进行拼配，由勐海茶厂生产。

历史上首批"8582"出现于1985年，即1985年中茶绿印8582普洱青饼，是由香港南天贸易公司向勐海茶厂定制的一款七子饼普洱茶。

这款勐海茶厂水蓝印8582外销版傣文青饼普洱茶，就是勐海茶厂于1996年在原（1985年）配方技术基础上进行改良，初次以三级和八级茶菁为主要原料拼配制作而成的普洱茶青饼。因为绵纸包

装上的"茶"字是明显的水蓝色，被茶友们称为"水蓝印"。当时主要是外商定制或者出口外销至东南亚等地区，甚少在国内市场流通，所以又被称为"外销版"。

　　茶叶自古便是中国对外贸易重要的商品之一。微观上，通过茶叶外销，为国家争取大量外汇，获取了许多国内稀缺资源；宏观上，商品以及文化的互通交流，促进了时代的发展，在某种意义上也在改写着历史。所以，外销版的水蓝印8582承载了20世纪90年代的特殊印记与使命，其品质足以媲美前贤、传承后世，是一款当代经典普洱茶品，在国营勐海茶厂时代被远销海外，如今少量回流国内，受到诸多收藏发烧级茶友所青睐，收藏意义非常重大。在13年前，一桶（7饼）20世纪80年代8582普洱青饼已被拍出人民币11.2万元的高价，如今1996年8582水蓝印外销版傣文青饼的收藏价值便可想而知了。2013年秋天，我有幸与此茶相遇、相知，并笃定

其未来价值必会高不可攀，便断然将其纳入悦泰博物馆收藏。

勐海茶厂1996年水蓝印8582外销版傣文青饼，茶饼圆厚饱满，条索壮硕，乌润油亮。茶汤酒红、明亮、通透，浸出物丰富、厚实。纯干仓存放25年，已转化出浓郁的梅子香和樟香，略带蜜枣甜，口感柔厚度得到大幅提升，回甘迅速、强烈，生津充斥两颊、舌底。细腻、柔滑的汤汁抱团包裹着如蜜甘甜滚落入喉，悠长的韵味让人越发感受到其强劲的渗透力。由浅入深，饮至十几道，更深层次的气韵爆发，早期潜伏于身体各处的茶气被串联起来，使体感瞬间达到巅峰境界。

普洱茶从不辜负懂得珍惜它的人。越陈越香的"8582"在时光中沉淀，一寸光阴磨砺一分气韵，也许这就是"老勐海"的迷人之处，用气韵抚慰心灵，唤起人们对那个时代的记忆……

◎

岁月　滋味　气韵

# 红色『缺角』良品

2021
阳春
福鼎太姥山

　　无论是在茶界，还是其他领域，机缘巧合成就经典的事例屡见不鲜。然而，事出无奈却成为良品杰作的，在普洱茶历史上，除了"7542"，恐怕真的是绝无仅有了。

　　翻开中国茶叶发展历史，我们会发现，普洱茶自民国时期开始，出现了三大黄金时代，即"号级茶""印级茶"和"七子饼（唛号）茶"时代。20世纪60年代中后期，国家仍处于计划经济体制阶段，当时云南各地茶厂和茶叶科研机构，由政府按照编制计划统一进行管理。在这特殊的时代背景下，中茶整合了昆明茶厂、勐海茶厂、下关茶厂等大型国营茶厂，实行统购统销。也是在这个时期，为了便于管理，茶叶唛号诞生了，"7542"这款被后来者誉为"普洱生茶的标杆之作"自此名扬四海。称它是"标杆"，主要是因为它从诞生到现在给人们展现了一个普洱生茶的发展历程，在普

洱生茶的品质特征上创造了一个可以完整参照的"标杆"，并发挥了不可替代的典范作用。

说起来，当初"7542"配方的研发创制，实是"无奈之举"！

由于中茶实行"统购统销"政策，当时各茶厂无法自主收购茶菁原料，也不能自主生产普洱茶品，一切生产经营都要遵照计划安排。勐海茶厂也不例外，不管茶叶毛料的品质高低，都要照单全收，导致茶品不能"适销对路"，加上市场需求本就有限，茶菁原料大部分被囤积在仓库里。随着时间拉长，茶菁原料堆积如山，成了最棘手的"老大难"问题。

为了破解这个难题，时任勐海茶厂厂长邹炳良先生，无奈之下，作出了一个在当时看来极具风险和挑战的惊人决定。他凭借渊博的茶叶学识和丰富的制茶经验，亲自上手，带领大家按照清末民

国时期的拼茶技艺,将囤积的茶菁原料进行等级筛分,而后拼配压制成饼。

　　谁也不曾想到,就是这个"无奈之举",却开启了一个普洱"唛号茶"的崭新时代,为推动当代普洱茶的发展发挥了重要作用。"7542"在无奈中诞生,无奈中成长,也是在无奈中成为普洱生茶的"良品杰作"。有资深茶人曾这样描述"7542",它之所以成为经典,胜在数十年如一日的纯正口味和稳定品质,更胜在品感协调丰富,并达致"不偏不倚"的"中和"境界。

　　"7542"从诞生到现在,40余年从未间断,其中更不乏经典茶品,例如:88青、94事业青、97水蓝印、紫大益、红大益等。而红大益则是"7542"的一个经典系列,我们今天要说的就是这个系列中,勐海茶厂改制前夕生产,悦泰博物馆早期收藏的勐海茶厂2004年"缺角"红大益7542普洱青饼。

提到"缺角"红大益，茶友们自然会问，为什么叫"缺角"呢？

我们仔细观察茶饼绵纸包装版面，在"大益"标识下面标注着"中國雲南西雙版納勐海茶廠出品"的一行繁体字，其中"廠"字的左上角缺了一小块，故此称之为"缺角"红大益。

普洱茶绵纸包装上，这种奇特的印刷手法，要追溯到20世纪末。据说，当时由于普洱茶大都没有被标注生产日期，所以判定年份是一件有难度的事儿。而对于普洱茶而言，年份至关重要，差个三五年，也许价值就会差出一倍或者几倍，甚至十几倍。所以，茶商、茶客和收藏家们，会通过包装绵纸、大票、内飞上印刷字体、图形的不同，找出蛛丝马迹。并把那些细微的不同之处，称为"暗记"，以此来判定普洱茶的真伪、年份和批次等茶品信息。后来，勐海茶厂就开始在茶品包装上刻意留下一处处不同的"暗记"，成为帮助茶友们辨认和鉴别普洱茶品的主要线索。

流年笑掷，未来可期。时间确有魔法师一般的手段，勐海茶厂"缺角"红大益7542普洱青饼，在北方纯干仓储藏的17年间，时间令它无时无刻都在发生着奇妙的变化，被锤炼得越来越好。虽然说17年时间，并不能让一款优秀的普洱茶品蜕变成为经典的陈年老茶，在转化空间上仍给后期留有很大的余地，但是从目前的状态判断，各项指标达抵峰值，也只不过是时间问题。综合来看，勐海茶厂2004年"缺角"红大益7542普洱青饼，确是一款"可期未来"的经典普洱茶品。

拉开窗帘，天边已放出一抹鱼肚白，远山近水，伴着寺院传来的钟鼓和鸣，形成一幅生动的水墨画卷。"缺角"红大益，由于是早期收藏的茶品，亦不是经常泡饮，来福鼎之前，我便特意带了一饼，好在久喝白茶之余，换换口味。

备器煮水，顺着记忆，开始独自鉴尝"缺角"红大益。记得上次和几位茶友同品此茶，还是在一年多之前，当时大家都被它惊艳的口感所折服，并一致认为，这款茶日后定会成为不可多得的经典茶品。

"缺角"红大益，卓尔不群，有一种特殊的香气，隔着殷红的绵纸散发出淡淡醇香，优雅的香韵在拆开棉纸后，更显浓郁。当煮开的山泉水注入，茶香氤氲，烟味洋溢，较之一年前似乎多了一份沉稳与平和。细细品尝，陈香、蜜香涌现，橙红通透的茶汤中，暗藏"梅子"香韵，回甘生津能力较强且延绵不绝。茶汤入口时，舌尖托起一股暖流，厚实顺畅，喉韵极强，柔滑中夹带一丝绵软，带来痛快淋漓的品鉴体验。浑厚的茶气，高扬而汹涌，犹如大江浪潮，此起彼伏，滔滔不绝，沿着经络，蔓延全身，令人体发轻热，毛孔舒展，细汗微发，浑身通畅。

金玉其质，一飞冲天。霸道、浑厚、绵长！当初"无奈"的良品杰作，已展现出其特有的品格与魅力。随着不断的锤炼和转化，必将使之成为像"88青""97水蓝印"那样受人追捧的明星茶品。

◎

沉默　止语　性空智慧

# 媲美『末代茶王』

2021
中夏
广州汉武古茶

陳·茶

20 世纪八九十年代，是勐海茶厂的"奋起时代"。至今，在茶界赫赫有名的经典普洱老茶，大都诞生于这一时期，例如"88青""92方砖""94事业青"等等。这些经典普洱老茶在众多茶友眼里是划时代的"灯塔""活化石"般的存在。它们光辉灿烂，备受追捧，如今存世量极少，茶叶市场更是罕有出现，只有在各大高阶收藏家的藏宝阁中，或是高级拍卖会上，才能偶有一见。

追本溯源，"92方砖"的生产，最早出现在 20 世纪 70 年代。那么，为什么后来这款茶品会被称为"92方砖"呢？

要弄清楚这其中原委，还得从当年云南的制茶习惯说起。云南制茶在那时习惯于把好的茶菁鲜叶优先用来做高级的绿茶或红茶，叶片粗老肥大的原料才被用来做普洱茶。到了 1992 年，勐海茶厂突破这一惯例，偏偏选用 1-3 级茶菁为原料压制砖茶，在那个年代用

这么高等级茶菁原料制作砖茶，确是绝无仅有。邹炳良（时任勐海茶厂厂长）这一惊人之举，令所有人都感到诧异和不解，孰知，当茶厂坚持完成生产，却不仅仅是造就出一批优秀的普洱砖茶，同时也间接推动了普洱茶迈向一个崭新的品质时代。"92方砖"无论是从新茶时的香气、滋味，还是经多年陈放转化后的综合品质来看，都堪称绝佳。因此，被茶友们奉为勐海茶厂砖茶茶品中的巅峰之作，并亲切地称其为"92方砖"，赋予它一个划时代的年份概念，极具纪念意义。

"92方砖"号称"末代茶王"，在近代普洱老茶中占有一席之地；作为和"88青"一样的拼配经典茶品，身价也是一路飙升，今已成为普洱茶走向品质时代的标志，在诸多茶类书刊文章中和那些茶王级普洱老茶被列为同一阶层，可见其品质魅力非同一般。现在茶叶市场上，"92方砖"茶品体系，根据包装版面被划分为方茶版、孔雀之乡版、空白版，以及下面要和大家谈到的这款1993年生产的"92方砖熟茶版"。

1993年春天，东南亚茶商因领略过"92方砖"的风采魅力，不远千里来到云南勐海茶厂，希望定制一款像"92方砖"一样高等级的普洱方砖熟茶。于是勐海茶厂再次突破创新，以"普洱方砖"的精妙配方，选取云南多地高等级茶菁原料，运用其精湛的渥堆发酵工艺，打造出一款"滋味厚酽甘醇，韵香丰富饱满"的普洱方茶。自此，"92方砖"熟茶版訚然问市，开启了它的传奇之旅。

普洱熟茶的渥堆发酵工艺形成于1973年，其中以勐海茶厂渥堆发酵技术最为高超，工艺卓越程度远超业界同行。众所周知，大部分茶友接触普洱茶都是从熟茶开始，工艺原因，使之呈现出"润""滑""醇"的独特口感，相比普洱生茶的苦去回甘，涩尽生津，熟茶更容易被初饮普洱茶者接纳。这也是当时东南亚茶商不惜跋山涉水，赶来云南勐海茶厂寻求合作，定制"92方砖熟茶版"普洱茶品的重要原因。

勐海茶厂1993年十二宫格方砖普洱熟茶，外包装与生茶相似，盒子正面印有中茶"八中"商标和"普洱方茶"字样；反面是整齐排列的"普洱方茶，茶条肥壮，重实匀整，白毫显美，茶汤清沏，滋味醇厚，清香回甜，经久耐泡，礼茶上品"，并注明"云南西双版纳勐海茶厂产品"；"净含量250厘米"仍然保持错版，印在盒子侧面；内包装为20世纪90年代特有的手工薄绵纸折叠包裹。茶

砖形状呈11厘米正方形，边缘厚度约3厘米，凹槽处约厚2.5厘米；茶砖正面是当时勐海茶厂特制钢模切压而成的十二宫格，四边有茶微微凸起，这样不仅方便泡饮时撬取茶叶，而且起到了很好的防伪作用。

勐海茶厂1993年十二宫格方砖普洱熟茶，是悦泰博物馆早期收藏的茶品，北方纯干仓存放28年，岁月磨砺，转化完美。熟悉普洱茶的人都知道，一款上等普洱熟茶最佳的品饮时间在25—30年陈期，如今它恰逢此时，内涵物质充分展现，口感变化达抵巅峰。

海棠不惜胭脂色，独立蒙蒙细雨中。三月的广州，虽然飘着小雨，却依然干爽舒适，毕竟还不是梅雨季节。三五茶友围坐，好像除我以外，大家的脸上都挂着午间欢宴的微醺。灯光映照下，公道杯中的茶汤如左岸红酒般庄重艳丽，像初放海棠般华贵雍容，似南红玛瑙般剔透明亮。茶香袅袅，药枣相交，悠悠然透着一股甜味儿，让人未品先醉；浅酌一口，陈味浓酽，茶汤醇厚，稠若米浆，沉甸甸绕舌不散，齿颊间津生甘回；茶气沉稳、遒劲、圆润、深长，宛如银瓶乍破，裹着一口糯香蜜甜直冲而下，经丹田，入两肋，背发轻汗；茶至半酣，热流涌动，微醺尽散，继而再饮，便是无尽的甜蜜……

　　"92方砖熟茶版"即勐海茶厂1993年十二宫格方砖普洱熟茶，见证了普洱熟茶品质时代的形成与发展。当初的匠心独具，今天的卓越经典，老一辈茶人的超前意识和精湛技艺，在它身上被演绎得淋漓尽致。当今茶友早已将它视若珍宝，惜之如金！

# 偶见『傣文青』

2021
夏日
温州龙湾机场

# 陳·茶

在普洱茶界，对干老茶的争论从未停止。有的茶友认为茶书典籍或是茶谱厂志记载的茶品，才是正根正源，才有价值，才值得去品饮和收藏。有些茶人的观点是，"茶"关键在于品质，品饮才是其真正的价值所在，收藏也应以品质为前提。茶商茶客们却说，若干年前生产的茶品多如牛毛，仅凭书刊杂志记录下来的九牛一毛而已，又怎么能以偏概全呢？况且现今的出版物人为因素很大，有记载的以品牌、传承论，有争议的以品质、口感论，总之茶好才是硬道理。其实，争论是求知的过程。正是因为普洱茶历史悠久，品种繁多，才为争论提供了土壤和环境，这种争论让埋藏许久的诸多好茶不断被发掘出来。

古往今来，古玩、字画、瓷器、玉石等哪个领域不是在争论中发展进步？试想，普洱茶若都是"一脉单传"，又如何创造出博大精深的茶文化……作为茶人就应当乐此不疲地和大家一道去研究讨论那些记载不够翔实却品质优秀的年份老茶！

记得2008年冬天，我在京城与朋友论茶，偶有广东茶友，带来港台茶商欲出手"90年代绿印傣文青"纯干仓普洱茶的消息。经与众多茶友品评后，其以品质、年份、仓储、口感论确是优质好茶，便被收藏入馆。

提及这款"90年代绿印傣文青"，还得从印级茶时代说起。1951年12月15日，中国茶业公司获准并启用八个"中"字围绕一个

"茶"字的"中茶牌"注册商标，也就是人们常说的"八中茶"商标。从而开启了继"号级茶"之后，普洱茶的又一个经典时代：印级茶时代。

在那个年代，中国茶业公司旗下的云南省公司，大批量生产的普洱茶品均是同一包装版面，唯一不同的是包装纸上"茶"字的颜色不同。因此，人们根据这一包装特征，把普洱茶划分出红印、蓝印、黄印和绿印等等。最早的一批绿印茶，可以追溯至20世纪50年代。

但凡接触过普洱茶的朋友，都必定会知道"7542"。

"7542"这串数字，可以说是解开现代普洱茶的关键性密码。20世纪60年代中后期，由于中国茶业公司实行普洱茶有计划的统购统销政策，为了便于管理，茶叶"唛号"应运而生，并在很长一段时间里发挥着不可替代的重要作用。"7542"是当时勐海茶厂使用的普洱生茶唛号之一，后被誉为"普洱生茶的标杆之作"，首启纯干仓陈茶普洱的先河，在行业内美誉度很高。

从诞生于云南勐海茶厂至今，"7542"已连续出品40余年，一路述说着普洱茶的品质真谛，为人们提供了一个富含传承性和阶段性的品质案例，让广大茶友清晰地感受到普洱茶在不同阶段的不同表现，揭开时间与茶之间的莫测天机。

因此，"7542"在茶友们心中分量很重，又有优秀品质加持，在普洱江湖上传奇频出。赫赫有名的"88青""93青""94事业青""水蓝印""白布条""红大益""简体云"等经典老茶均属于"7542"系列茶品。

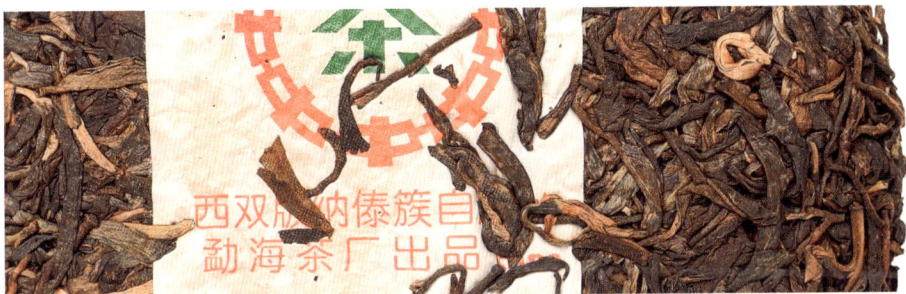

　　由于"90 年代绿印傣文青"，是采用传统唛号7542 配方，拼配压制而成，包装风格融合了印级茶和七子饼茶两个时代的风格，嵌入茶饼里的内飞（右下角标注傣文）和格纹纸印刷版面上的"茶"字均为绿色，所以业内称之为"90 年代绿印傣文青"。它不仅仅是印级茶、唛号茶和七子饼茶熔铸出来的新兴印级茶品，更是普洱生茶标杆茶品体系中一个重要节点的代表茶品。长期以来，在许多普洱茶收藏家心目中，"印级茶"是一个特殊的历史符号，负有承前启后的历史作用。以这款"90 年代绿印傣文青"为代表的新兴印级茶品的出现，不仅保持提升了传统印级茶的优秀品质，并且在仓储陈化方面第一次提出"纯干仓"理念，把普洱茶推上了新的历史舞台，使"印级茶"得以辉煌重现。

　　据传，20 世纪90 年代中后期，港台茶商都希望重现传统印级茶的辉煌，历经周折，找到了云南勐海茶厂，希望能够再生产一批品质精良的绿印圆茶，便定制了这批"90 年代绿印傣文青"。当时，除了追求茶品质量外，为了与其他茶品有所区别，特意在包装纸张方面，选用了格纹纸。格纹纸的特征是手工制作，纸张有明显的网状格纹，接触过的人能够一眼识别出来。

随着时间的推移，"90年代绿印傣文青"大部分茶品已被消耗殆尽，如今市面数量不多，甚少流通。只有港台茶商茶客和一些资深普洱茶收藏家手上，还有微量存货，且不会轻易流向市场。因此，它的价格也是持续攀升，居高不下。

从90年代至今，20余年的纯干仓储陈放，茶饼已转化为深褐色，走过激荡岁月，开始变得成熟、沉稳。由于当年用料等级较高，制成的茶品内含物质丰富，和传统7542相比，香气、口感更加浓酽厚重，称得起是"7542加强版"。茶品自然演化出来的兰花香、梅子香，伴着年份老茶独有的浓陈韵，随着由壶到杯的那道优雅曲线四散升腾；茶汤入口，浓烈稠滑，陈韵入水，细腻柔顺，有早期勐海茶转化而来的特殊味道；醇厚的药香、烟香交替出现，若隐若现，苦味突显，随茶汤下咽，这般"苦味"转瞬即逝，泛出久而不散的甘甜；此刻口腔内是满满的茶韵，滋味均衡、协调，并无一丝杂味，十分干净纯粹，令人惬意；五六泡之后，茶气充分散开，与人体相互融合，整个人仿佛沐浴在冬日的暖阳中，暖烘烘地微微沁汗，那般温暖、舒适和愉悦！

百家争鸣，实事求是，争论使茶文化不断得到发展进步。作为早期绿印圆茶的继承茶品，"90年代绿印傣文青"具有很高的品评、研究和收藏价值，相信在未来的岁月里，它会成为茶人们研究讨论那一时期茶文化的重要参考茶品。

陳·茶 CHEN CHA

◎

记载　传承　研究　讨论

# 时光中复刻经典

2021
七夕
廊坊嘉木堂

## 欲对苍茫抒感慨，一轮明月百年心

在茶人们的心目中，百年老茶号既熟悉又陌生。百年号级茶名声赫赫，从来都是可遇而不可求，其价值价格更是高不可攀，历年拍卖，天价频出，势不可当。

2018年11月23日，仕宏拍卖会的古董茶拍卖专场，20世纪40年代江城号圆茶估价40—60万元港币，折合人民币约50万元每饼，最终以高出估价近一倍的价格成交。

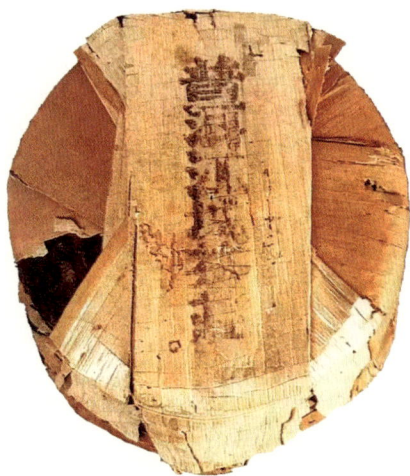

有茶学家和资深茶人曾品鉴江城号圆茶，评说此茶风格奇特。那股浓郁的老茶香韵，似参却更高扬，似药而更厚重，这正是号级老茶纯正的岁月之味，曼妙惊奇，不可言喻。

江城号圆茶，是普洱号级茶系列。号级茶指的是百年前私人茶叶商号生产的普洱茶，大多以商号名称命名，例如福元昌号、宋聘号、同庆号、江城号，等等。如今这些号级老茶存世量极少，是集文物价值、艺术价值和品鉴价值于一体的"古董茶"。号级茶时代又是普洱茶发展历史上极为重要的时期，有承前启后的重要作用，对于我们研究普洱茶意义十分重大。其中，江城号圆茶因其

"品质优秀"，在号级茶中有着较高的地位，被誉为号级茶中的"明星"。

品质优秀源于茶菁原料，而好的茶菁原料则由其原产地所决定。"江城"因李仙江、曼老江和勐野江三江环绕而得名，其位于云南省思茅（普洱）市东南部，地处思茅（普洱）、红河、西双版纳三个市（州）交会处，与越南、老挝接壤，素有"一眼望三国"之称。

100年前，提起"江城"，就如同今天我们提起勐海一样，那时候江城普洱茶无论是原料品质，还是生产技术都保持着较高的水平和地位。据清代史书记载，1763年云南茶叶出口，主要是由勐海入缅甸、泰国销售，或由镇越（易武）、江城循李仙江运至越南，转香港销往南洋各地。民国八年至二十五年（1919—1936），普洱圆茶经思茅（普洱）、江城茶马古道，由李仙江水路沿江泛舟而下到越南莱州，被大量运往南洋和香港、澳门，远销世界各地。就是这么个"江城"小县，却承担了普洱茶向世界传播的重要作用，成为普洱茶历史不可缺少的重要版图。

　　为了延续经典品质，复刻百年号级茶的璀璨与繁华，传承普洱茶的文化和精神，20年前，我和几位资深茶人共同奔赴云南思茅（普洱）江城县，找到当年江城号茶庄的后人，以百年前江城号圆茶的古老配方，采摘、筛选、分拣长期生长在江城洛捷田房1700年以上的千年古树茶菁原料，采用石磨传统工艺压制出这批江城号（2001）洛捷野生古树"一片叶"普洱青饼。

　　田房古茶山，海拔在1100—1350米，土壤为赤红土，年平均气温19.2℃，年降水量2360毫米。由于湿热多雨，以及南亚热带季风气候的影响，形成了常绿阔叶林植被混生的生态圈，孕育了茶树鲜叶采摘期长、持嫩性好、口感香甜柔滑的生态茶品。

　　2021年5月，去茶仓巡检，我无意中发现角落里已沉睡20年的江城号古树"一片叶"，惊喜间随手拆出一饼带回嘉木堂，伺机

一试。第二天恰有茶友约茶，便与大家分享品鉴。

掀开绵纸，仔细观看，茶饼周正厚重，饼面乌润油亮，芽头粗壮饱满；茶汤橙红透亮，泛出迷人光圈，入口浓郁的野樟香、花蜜香冲破时间的封印，汹涌而来；开汤是纯正的岁月陈香，仿若时光宝盒的金钥匙，打开了满满的陶醉；顺喉而下，犹如美人肌肤，纯净、柔滑、温婉、美妙；二泡茶口感微苦，清清凉凉的苦味转瞬即逝，不经意间已是满口甘甜；三泡茶舌底鸣泉，两颊收敛，茶气上扬，与回甘生津相互叠加，反复重现，层次分明且丰富；四泡茶由于树龄原因，茶气逆袭强劲，爆破感十足，口腔里陈香与甘韵渗透，体现了20载的沉淀与修为，特有的"甘醇透润"在喉间萦绕，久而不散；茶到五、六泡便觉搜枯肠、发轻汗，通体透彻，淡肌轻骨；直到尾水收杯，幽幽的草药香飘逸而出，茶汤里裹挟着一股凉甜味，沁润肺腹，舒展百骸，令人茶盏难置。

江城号古树"一片叶"是百年江城号圆茶的继承和发展，是在时光流逝中被复刻的经典茶品，随窖藏年份的逐年叠加，必定会不断酿造出越陈越香的人间至味……

「风斯在下」贡茶香

2021
夏月
成都黄龙溪

陳·茶

历朝历代，贡茶都代表着茶叶的最高等级和品质，普洱茶亦不例外。清代诗人查慎行《谢赐普洱茶》中这样描绘普洱贡茶：

洗尽炎州草木烟，制成贡茗味芳鲜。

筠笼蜡纸封初启，凤饼龙团样并圆。

赐出俨分瓯面月，瀹时先试道旁泉。

侍臣岂有相如渴，长是身依瀣露边。

易武因茶而兴，是云南贡茶之源，在很长一段时间里支撑了云南普洱茶的辉煌历史。清雍正二年（1724），易武出现"奔茶山"现象，"入山作茶者数十万"，形成了山山有茶寨、寨寨有茶山的壮观景象。清乾隆九年（1744），普洱茶被正式列入《贡茶案册》，而易武、倚邦等茶山的早春茶要纳"八色茶贡"，即，五斤

团茶、三斤团茶、一斤团茶、四两团茶、一两五团茶和锡瓶装芽茶、蕊心茶以及匣装茶膏。到了清光绪二十年（1894），易武茶商李开基、车顺来被光绪皇帝敕授"例贡进士"，李开基还被吏部敕命为修职左郎，而车顺来则获御赐"瑞贡天朝"匾额，至今尚存。

"成兴昌"是由当年贡茶茶商——易武麻黑何氏家族私营茶号沿袭而来，有近200年的普洱茶纳贡历史，1934年正式起名建号，现由何天强先生掌舵经营。

提及何天强，其在云南普洱茶界赫赫有名，对当代普洱茶的贡献与影响更是举足轻重。他是易武茶叶协会会长，普洱贡茶发掘复原工作领头人，曾担任麻黑村委会主任、党总支书记，现任麻黑村监督委员会主任。他主持邀请专家进村举办茶叶栽培、管理、制作培训班，对古茶园剔除杂木、除草、耕治、培土、栽植、除苔藓和寄生虫等知识进行科学普及。他选择一些典型村寨作为古茶园的管理示范区，不断总结推广保护古茶园的经验做法，并形成长效机制，强化了古茶园的有效管护。在他的努力下，大大提高了古茶树的适生能力，使之完成了从生存到生长良

性生态循环系统的闭环运行。他带领麻黑村在探索中走出一条"以茶兴业"的成功发展之路。

何天强，成兴昌，复贡茶，其麻黑妙六合，所谓风斯在下。"风斯在下"这则成语用在何天强的"普洱人生"上最是恰如其分，因为他确实厚"先祖累制贡茶"之积，薄"当世校正古法"而发，缓抒精制，超越前贤。听闻祖辈们述说麻黑贡茶曾经的辉煌，他更加坚定了自己的信念，茶文化要传承，普洱茶要发展，易武麻黑非但不能沉默，反而要不断发扬光大。他在祖辈"成兴昌"茶叶商号久制贡茶经验中汲取精髓，熟悉并掌握贡茶古法技艺的基础上，精益求精，苦心校正，使麻黑贡茶得已复原重出，并使之从原料品质到生产技术逐渐抵达巅峰。

今天我们品鉴的便是何天强复建"成兴昌"百年老茶号后，于1999年按照古法制作的首批易武高山古树普洱贡茶青砖。其茶菁原料选自易武正山麻黑高山古树茶园，每砖1千克，虽说当时他尚未开始校正贡茶古法制作工艺，但纯粹的古法再现，却让茶品保留了原始的麻黑风格，堪称皇室贡茶的典范。

沉甸甸的茶砖形制规整，松紧适中，芽叶肥嫩，条索硕壮，色

泽乌润，油亮含香。鉴赏茶品，无非是以色、香、味三个维度的优劣为标准来评判其品质。

观汤。热烈的橙红汤色有一种强大的吸引力，晶莹剔透，皎洁明亮，如月光流淌于杯中，岁月凝固在汤里，静谧、悠远却蕴含着鲜活、灵动的生命力量。

闻香。麻黑茶最大的特点是"香"：木质干香，芬芳怡人，伴着幽幽的陈年茶韵缓缓散开；岁月留痕，开汤香气已从新茶的花果香，转化蜕变为挥之不去的野蜜香、淡药香，中正平和，厚重饱满；这缕奇香穿口过喉，直袭肺腑，贯透全身，呼吸间令人忘我。

尝味。"麻黑茶以阴柔见长，乃江内茶中之上品。"茶汤入口，"糯""柔""清"三大特征尽显！口感糯密细腻，韵致精深，宽阔饱满，柔中带刚，清雅高甜，浆质浓稠。特别是冲泡至中后段，那股糯香、柔美、清甜的韵味，持续盘旋于口腔、咽喉，舒爽顺畅之感油然而生。

22年岁月流逝，四时联结，它早已不是那单纯的麻黑茶，而是逐渐被凝练成可以啜饮出人生百味的经典茶品。

推开木窗，午后暖阳透过薄雾洒向千年古镇，凹凸不平的青石小路、被时光染黄的屋檐墙角、竹椅上静坐的布衣老人……这一切诗一般地存在着。闭目深吸，清新空气伴着留齿茶香，提振精神，贯通百骸。古镇木屋，三两知己享受着安适惬意，唤醒记忆，怀古思今。

　　"风之积也不厚，则其负大翼也无力。故九万里，则风斯在下矣，而后乃今培风。"

墨语凝香处　班章恰好时

2021
金秋
无锡东坡书院

中国文人画，常以山水纵情。而水墨则是他们在画作中表达现实、渲染意境和营造氛围的惯用手法。少年之时，曾拜在京畿名师高鸿源先生门下，研习书法，虽是实用为主，并无所成，却也算得上粗通文墨。

木落多诗薮，山枯见墨烟。

何时深夜坐，共话草堂禅。

唐末五代时代著名画僧贯休曾用此句，假"枯山水"画作以寄秋愁。然而，此愁非彼愁。中国古代文人墨客、僧道释儒的各种"清愁"，不能以常人之愁度之。他们的愁从不与忧相伴，有时是思考、思念！有时是优雅、惬意！有时甚至是畅然、幸福！这份"清愁"是他们水墨纵横平沟壑、刀笔狂放化骨风的艺术写照。每

每释卷那些画作，墨语凝香之处，其风骨之气便跃然眼前。流连其间，仿佛置身精神幻境，令人陷入奇思遐想。

有人说班章是王者，其风范在普洱茶界雄霸天下，傲视古今。殊不知，班章由其"自性"所决定，则更契合于古代文人画作的风骨与精神。

惠能大师开悟偈语："何期自性，本自清净；何期自性，本不生灭；何期自性，本自具足；何期自性，本无动摇；何期自性，能生万法。""自性"对人而言是精神或者人格，对茶而言则是风骨与精神。

那么，班章的"自性"究竟在哪里？

辩证地看，班章不因假冒而毁誉，不因价变而易质，却因

人、因时、因地而呈现不同的"班章"，其道理亦关乎这种风骨与精神。

在普洱茶界，名山名寨名气大，假冒伪劣茶品数不胜数，且以班章最多，这也与班章茶区的茶品口感特征明显，容易模仿有关系。个别茶商抓住"班章霸气"的关键字眼，一款茶品够苦够涩，便贴上"班章"的标签，抬高价格进行销售，以此赚取高额利润。但真正的"班章"，香气之霸道，汤汁之厚重，口感之饱满，滋味之丰富……汇集出其独有的风格与魅力，堪为六大茶山之首，又岂是简单的苦与涩！

近些年，班章茶品因其"物以稀为贵"和"炒作"的原因，价格持续上扬。"是班章就是班章"，未因贵贱而有所改变，承前所述，个别茶商为追求高额利润，导致假冒伪劣横行于市。但无论如何改变不了的是"非班章即非班章"，再能乱真，亦不是真。故此，茶界班章乱象，非但不能影响班章的名誉，反而让人们对真正的班章茶品更加珍惜和追捧。

我们说班章因人、因时、因地而呈现出不同的"班章"，不仅是班章，或是普洱茶，理论上适用于所有茶类。这里提及的"人"指的是种茶、制茶、藏茶和品茶的人，因人而异对它的品质呈现有着深刻的影响；而"时"则涵盖了树龄、工艺、仓储以及冲泡的时间差异，同样影响它的品质呈现；说到"地"就是原产地、

储运地、品饮地的自然和人文环境不同，进而对它的品质呈现造成不同影响。

这款已有18年陈期的2003年班章茶王，在当时之所以用水墨画的感觉设计包装版面，就是基于古代文人水墨画作与班章"自性"相合的这种风骨与精神。

掀开绵纸，茶饼厚重饱满，乌润油亮。嗅其干香，淡淡的木香与糖香浑然一体，稳健而遒劲；干茶着水，随壶温降低，依次是浓郁的焦糖香、兰花香、淡烟香和梅子香，继而交替出现，是典型的班章特征；分茶之后的公道杯底从热兰香到温糖香，再到冷木香顺序呈现；端杯细闻，茶汤里含着醇厚的野蜜香和果糖香，凝练成缕缕烟霞上升蔓延，悠然间使人垂涎不已。

茶开一二道，汤色橙红明亮，毫化晶体，雪舞满天；汤汁浓稠霸烈，内含丰富，宽厚顺滑；汤韵梅子香甜，融于茶汤，持久高长；口感微苦略涩，两颊生津，回甘猛烈；喉感顺滑柔润，苦涩闪现，劲足韵强；体感动线明确，脾胃、丹田、两肋、脊背热流涌动，微汗轻发，酣畅淋漓。

　　茶开三至五道，茶汤更加浓烈，且一路上扬，难以抑制，苦涩中正显于舌根、舌面及左右两侧；汤韵厚重平缓，喉韵汹涌强烈；回甘浓甜宽阔，生津甜美饱满；茶底是梅子韵、淡烟香和野蜜甜，交相缠绕，秀美怡人。

　　茶开六至八道，茶汤依然浓烈，苦涩减弱，开始趋于平和稳定；汤色橙黄，更加通透明亮；口感鲜爽而凝重，清香伴随年份陈韵扑面而来；生津回甘，不减反增，满口香甜；此时茶气已贯彻全身，体感加强，微热轻汗，十分畅然。

　　茶开第九道，坐壶闷泡约1分钟，汤色加深，茶气上扬，口感微重，甘津如故，体感明确。此泡茶汤实为承上启下，十泡之后便是清甜解渴的尾水阶段。所谓"酒头茶尾"，一款茶品尾水优秀才是好茶，直至十六泡后才出幻茶幻水之感！

　　万事万物，不离"自性"，无论是对人而言的精神或者人格，还是对茶而言的风骨与精神……

诗意近山水　冰岛亦醉人

2021 中秋
无锡东坡书院

中国古诗词，常以山水抒怀，"作诗之妙，全在意境融彻，出音声之外，乃得真味"。而意境中"以人入景"，以达情景相生、形神统一、虚实协调。既生于意外，又蕴于象内，使客观景物和主观情思融合为一，则令人身临其境，浮想联翩。

　　空山新雨后，天气晚来秋。

　　明月松间照，清泉石上流。

　　竹喧归浣女，莲动下渔舟。

　　随意春芳歇，王孙自可留。

唐代王维的《山居秋暝》，是一首尽人皆可诵的千古绝唱。此诗描绘了秋雨初晴的傍晚，山水风光旖旎，山村民风淳朴，以自然之美喻出人格美和社会美。全诗将山谷雨后秋凉、月光洒向松林、

泉流石响之声以及竹林浣女喧闹、渔舟穿荷而来的动态，和谐、完美地融合为一，像一幅清新秀丽的山水画作，又像一支恬静优美的抒情乐曲，此中意境，怎不引人遐想……

"天共水、水远与天连。天净水平寒月漾，水光月色两相兼。月映水中天。人与景，人景古难全。景若佳时心自快，心还乐处景应妍。休与俗人言。"

"蒹葭苍苍，白露为霜。所谓伊人，在水一方。"

"春水碧于天，画船听雨眠。垆边人似月，皓腕凝霜雪。"

无论是宋代赵师侠的"人景论"，还是《诗经》中的"隔水念佳人"，或是唐人韦庄的"闲赏酒家女"，等等，都是关涉情、景、人的柔美之作，读之无不使人陶醉。

诗意近山水，冰岛亦醉人。提及冰岛，茶界素有"冰岛为后"的美谈，与"班章为王"相对应，它是母仪天下。然而，就其自身而言，它则是"怀柔四海"，是"情""景""人"相合、柔美至极的普洱佳作。

据史料记载，冰岛傣族老寨种茶已逾500多年，在勐勐土司统治时期，勐库许多村寨都来冰岛引种过茶叶。由于冰岛老寨的茶叶历史最长，品质最好，在当时冰岛的茶园相当于勐勐土司的私家贵族茶园，拥有很高的地位。在勐勐土司的重视与关照下，清代光绪年间，甚至是更早，冰岛茶就已经名声远扬。

每一株枝丫，沐浴过日月霜华。

每一片芽叶，凝聚了山川气韵。

阳光照耀下，闪烁出茶的灵魂。

这里是云南，是冰岛茶山古寨。

独特的生态环境赋予了冰岛茶当世无双的"冰糖蜜韵"。当今时代，越来越多茶人发现并欣赏冰岛茶的柔美天香，特别是它独特的"冰糖蜜韵"，更是"醉倒"无数文人骚客、僧道释儒和各界精英。

"冰糖蜜韵"是冰岛茶独有，且极具代表性的口感特征。茶汤入口，就像一杯用野生蜂蜜调制的冰糖水，一股凉甜香韵，奔涌而至，虽似冰糖却不会过于甜腻，清凉、优雅、舒爽；虽香若野蜜却不会过于馥郁，幽静、恬淡、温和。处处以"自然之美"的意境诠释它的"怀柔四海"。走遍云南群山，这种独特的"冰糖蜜韵"，唯有在冰岛茶上被体现得淋漓尽致，恰是这醉人的"冰糖蜜韵"正与诗意山水契合一致。

这款2003年冰岛茶王已被珍藏陈化18年，在当时之所以采用水墨画为包装风格，也是基于诗意山水恰合冰岛茶"冰糖蜜韵"的缘故。

去掉山水外包装，饱满厚重的茶饼，闪烁出乌润的光泽，油亮的饼面毫肥芽壮，条索间夹杂着金黄色绒毛，千丘万壑里隐含其"怀柔四海"的独特气质。深吸，清淡悠长的话梅糖香，在口鼻间徘徊不散；初泡茶底，焦糖甜、果浆甜、话梅甜、甘蔗甜既层次分明，又浑然一体，"冰糖蜜韵"尽显无遗；公道、杯盏中是浓郁的花蜜香甜，交织缠绕，稍凉些便出现冷木质香；汤香甜淡清雅，随气影茶烟，蔓延开来，令人惊艳不已。

开茶汤色橙红明亮，翻动的气泡，流动的线条，娓婉而动人；入口无苦、无涩、厚醇、甜爽，回甘快、甜度高，生津足、韵味佳；喉韵凝练顺滑，分量感十足，已渐生老茶味道；茶气袭袭，依次感觉脾胃、丹田、两肋、脊背微微发热，轻汗渐出，使人畅然舒爽。

饮至九道，始终突出冰岛茶的"冰糖蜜韵"，茶气遒劲如一。十道之后渐入尾水阶段，虽然各项指标均有减弱，然而蜜韵尚在，汤汁更加津生甘回，清甜解渴，幽香怡人。

从"冰糖蜜韵"，到"诗意山水"，再到"怀柔四海"，是冰岛茶"真味"不断升华中创造出来的人生意境。唯有置身其中，方能感同身受。在未来，让我们静待岁月光辉所赋予它的一切美好！

# 与长战话『乌金藤子』

2022
元旦
廊坊僮约台

　　一元复始，万象更新。午后暖阳，斜窗而入，嘉木堂的陈设被洒上一片金光，似乎也随天地万物"焕然一新"。

　　2018 年，我与相知多年的老友长战先生相遇广州茶博会。他听说我正在募集悦泰博物馆藏品，便送我两套他的寻茶系列，2012—2016 年 5 饼一套的"乌金藤子"茶，并嘱我一套用来博物馆收藏陈列，另一套定要抽时间鉴尝一下，给些评价。此后，由于身陷琐事之中，加上也不是年份老茶，所以一直将其搁置在待尝藏品堆里，未曾翻阅。

2020年元旦，久负老友之托，使人取出这套"乌金藤子"茶，一字摆开。俯身寓目，悠悠的木质茶香袭面而来，引我忆起与长战相识、相交的如流往事。

"长战先生"是茶人们对他的尊称，在茶界几乎无人不知。

杨长战，1963年出生于中国茶叶之乡——福建省南安市。1985年投身茶叶行业，他先后深入宁德、福鼎、福安、武夷山、建阳、安溪等产茶区，学习高火乌龙茶的加工制作工艺，同时从事乌龙茶的内销和出口贸易，淘到了人生的第一桶金。

1990年他考察了全国茶叶市场，决定进军广州芳村，开设专卖店，专营福建高火乌龙茶和安溪祥华佛耳山铁观音等名优茶叶。2005年，时值全国普洱茶"热"，他又先后到云南西双版纳、临沧、普洱、德宏等普洱茶主产区调研，与当地茶企、茶农建立了良好的合作关系，开启了他甘之如饴的"普洱寻茶"之路。

说起这"乌金藤子"茶，那是在2010年春天，长战前往云南普洱茶区考察时，发现盈江县中缅边境、凤庆县平河村、永德县大雪山国家级自然保护区边缘的亚练乡塔驮、章太、兔乃等村寨中有一种特殊的茶树植物——藤子茶。其树势高大伟岸，与云南大理野生茶种以及云县漫湾镇白莺山二嘎子茶等自然杂交型茶树不相上下。

经永德县茶科所普查发现，仅塔驮古茶园中地径30厘米以上的茶树就有400余株，最大地径达101.9厘米，最大树高13.2米，最大冠幅直径约有7.6米。

　　每每回忆起这段往事，长战都会说：当时寻得这藤子茶，整个人都兴奋起来。汤水细腻，清甜爽口，花香、果香、木香、蜜香交织缠绕，天然自带的山野气韵直袭肺腑，就像将一杯冰糖热茶一饮而尽，生津回甘里还裹挟着淡淡的草药滋味，这等茶中珍品，从未见过，令人拍案惊奇！此刻，这位已近花甲之年的老人脸上眉飞色舞，仿佛被唤醒了那份久别的童真。可见当时他是怎样的"如获至宝"！又是何等的"激动不已"！

　　后来，长战采集了一些藤子茶样品，送到广州检测发现，该茶富含多种对人身体健康有益的微量元素，更特别的是它不仅花青素和氨基酸含量远超其他普洱茶，而且硒含量虽未达到富硒的标准，

但其丰富程度，却也是云南普洱茶中绝无仅有的。于是大喜过望的长战开始收购藤子茶的茶菁原料，同时思考要用什么方式生产经营这原始珍稀的藤子茶？

记得首次与长战谈及这段寻茶经历，应该是2012年3月的一个周末清晨。随着他不太标准的国语腔调，我神入了苍茫的原始山林，参天古茶树依稀已在眼前，虚无缥缈却又感同身受。盏中、杯中、口中的藤子茶汤将我拽回现实，冰糖气韵和草药滋味浑然天成，醇厚而庄重，使我突然想起早年文章中曾用过一段关于"乌金"的描述，便随口说与他听。

乌者，黑也；金者，金子。乌金意谓：即使沉没在无边无际的黑暗之中，只要是金子都会放射出光芒。坚持本心，无惧寂寞，只待时机一到就绽放光彩，宛如黑夜玫瑰，不争不抢，静自盛开。在淡泊中展现出极为深沉和震撼的美丽。长战蓦然起身，拍手惊呼："乌金好！就是乌金藤子！"至此，"乌金藤子"茶，在他冥思苦想一年之后被冠以"乌金"美名。

从2012—2016年，长战为了"乌金藤子"茶，连续5年奔忙于云南边陲

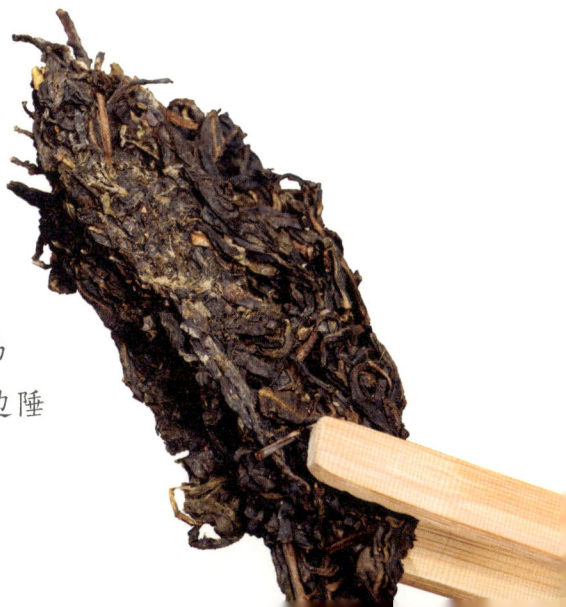

的千里茶山，悉心挑选收购茶菁，初加工成干茶原料运抵勐海，委托制作技艺高超的兴海茶厂精制成品，并全程监制，千辛万苦才成就了我面前这5饼原始珍稀的"乌金藤子"茶！年份从近到远，依次品饮过这5饼"乌金藤子"茶，各项指标特征与我们前面描述的相同，它的"乌金"品质被展现得淋漓尽致。若非要按年份找些不同体会的话，那么就是：汤色由浅入深略有区别，口感年份感觉稍显差异，滋味草药凉甜次第加重，气韵岁月层次逐步内敛。

　　静待闺中，修炼冰肌玉骨，甘之如饴，愿得君心一悟！大自然的恩赐，老茶人的执着，光影里幻化出这杯感恩的"乌金藤子"茶……

# 深识「同昌黄记」

2022
大寒
京南天华园

回忆是茶，如同用情感沏泡的陈年普洱。

像极了我们"露往霜来"的若梦人生。

生命在奔腾、释放；

情怀被陶醉、浸染；

心智便冷却、沉静。

即使曾经是无比的光辉灿烂，也终归平和恬淡！

在清朝，云南普洱茶以"纳贡"进入鼎盛时代，并随着市场需求的不断扩大，诞生了许多私人茶庄，且尤以易武最多，这些茶庄大都以"号"为名，延续下来。茶叶行业的主流观点是：从清朝道光年间到1957年普洱茶公私合营完成之前，云南私人茶庄出品的普洱茶品，统称为"号级茶"。它见证了近代普洱茶的辉煌时期，历史地位十分重要。

普洱茶，特别是"号级普洱茶"被誉为"可以喝的古董"，一

拍卖编号：LOT4304 同昌号黄文兴圆茶（一筒）
生产年份：20 世纪 30 年代
成交价格：84 万人民币
拍卖日期：2010 年 12 月 18 日

拍卖编号：LOT4302 同昌黄记圆茶（一筒）
生产年份：20 世纪 40 年代末
成交价格：67.2 万人民币
拍卖日期：2010 年 12 月 18 日

向是与珠宝、玉石、瓷器、字画等艺术品一道出没于各大拍卖会。2010年12月18日嘉德拍卖会上，20世纪30年代同昌号黄文兴圆茶与20世纪40年代同昌黄记圆茶，每筒（7饼）分别以人民币84万元和67.2万元的惊人价格落槌成交。自此，同昌号、同昌黄记圆茶，被视之为可以直接"零距离"触碰历史文化的高端藏品，各界藏家更是竞相追捧。

2015年国庆假期，我赴易武茶山，走古镇老街，寻普洱茶根。秋雨潇潇，浅雾蒙蒙，弥漫着老街石径、残檐屋角，缓回眸，仿佛千年回忆，历历已在目前……

在云南当地，易武传说颇多。有人说"易武"源于傣语译音，意为"美女蛇居住的地方"，相传易武山上有花蛇洞，美女蛇王"武菜"盘踞于此，日夜守护洞中宝石，因而得名；也有人说易武不仅

产茶、易茶，地理位置原因，使之成为历代兵家必争之地，极易发生战争，故名"易武"。种种说法，亦不必深究原委，只做谈资，怡情便好。

易武因茶而生，是普洱茶原产地之一，"万人空巷，进山制茶"，曾创造无数传世茶品，星耀五洲；

古镇历史悠久，自古就在茶马古道的起点上为茶叶内销集散和外销贸易发挥着重要作用；

老街茶号林立，延绵千年的"百舸争流千帆竞"，孕育积淀了沧桑厚重的中国茶文化，不朽于世。

曾几何时，易武茶"价等黄金而名重天下"，帝王垂爱，又使这千年小镇成为"贡茶第一镇"，而今早已是名满四海，茶香世界。

　　离开易武，我们一行人驱车赶往昆明，在康乐茶城朋友的档口，偶遇了"70年代同昌黄记普洱圆茶"。

　　"本号经营茶业历有年，所专购正山细嫩茗芽，精工揉造发行。恐有假冒，特加此内飞为记。同昌黄记主人谨白。"

　　对我而言，"号级茶"并不陌生，同昌黄记与乾利贞宋聘号、敬昌号等号级普洱茶都是当年我们研究近代普洱茶史时的实物标本，所以有相当的了解和认知。据朋友介绍，2010年前后，海外茶商到云南整理其祖父物品时，意外发现此茶。但由于老先生年事已高，只记得是20世纪70年代发现并收购这批同昌黄记，其具体生产年份却记不清了。无奈只得将发现并收购它的年代当作生产时间。然而，更加巧合的是，从上录同昌黄记内飞文字、印刷工艺和所用纸张看，的确符合20世纪70年代的典型特征。也就是说，误打误撞成就了我们"偶遇"的"70年代同昌黄记普洱圆茶"！

　　此刻，朋友已将同昌黄记冲泡出汤，汤色栗红而深邃，灯光下浓稠艳丽，通透明亮，荡漾出果冻般软糯波纹，浆质若凝。他边分茶边说："虽然是海外茶商的藏品，却始终存于云南，陈化不及东南亚，反倒成就了它梅子韵、果糖甜和草药香的和谐完美。"而后随手递来公杯，示意我闻香。我凑近品闻，又查看细嗅刚着过水的茶底，果然是标准的云南仓储，干爽、洁净、纯粹。

"妥妥的70年代老茶！"他继而又说，"普洱茶泰斗邓时海先生曾在《普洱茶》一书中介绍，同昌黄记始于同治七年（1868），茶庄几易其主，早期圆茶已不复得，至今所存者皆为30年代后的标明'记主人'之茶品，同昌圆茶和同昌黄记圆茶使用的是易武茶菁，经大师品鉴，应都为倚邦茶品，其特点是高香、软糯、清甜。"

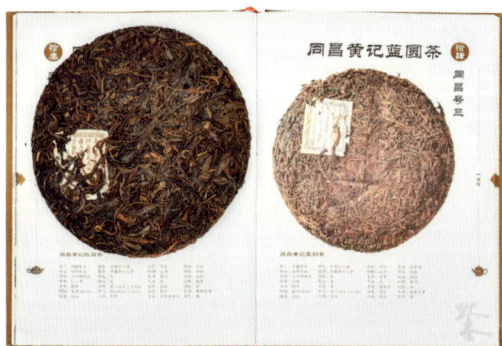

如此老茶，稳稳地饮过三泡，纯干仓储存使它仍保留住倚邦茶里本就难得的"霸酽"之气，体感渐强。顺着"高香""软糯""清

甜"的提示继续再饮……他泡茶手法娴熟，介绍茶更是如同早已背下来台词一般语如爆豆，逗得四座哈噱。

"的确，同昌号创立于清代同治年间，与乾利贞宋聘号、敬昌号等茶号属同一时期创立，只是年份略有差别，并曾在清末民初停厂歇业。1921年，商人朱官宝在易武茶街重新创办同昌号茶庄。约在1930年，由黄文兴接手运营，茶品内飞落款标注：主人黄文兴谨白。接近1949年时，同昌号改为同昌黄记，主人也换成黄锦堂。至于黄文兴和黄锦堂是什么关系？尚有待查证……"凭着几年前研究普洱茶近代史时的记忆，我和大家交流了同昌黄记创立与发展的梗概脉络。

"迂直先生说得对！"他肯定我的观点，并将"还魂汤"注入公杯，眉毛一挑对众人说："看十三泡，茶才略有转淡，头泡茶掺回去，滋味又来劲了。"茶饮到十六七泡，又上陶壶煎煮，随着茶叶翻滚，氤氲茶气从壶嘴喷射而出，惹得满室茶香。这杯热茶入怀，不觉已汗流浃背，清甜的茶汁，随同茶气，透过身体，顺着毛孔奔腾而出，畅快至极！

老街是易武古镇的魂，易武是普洱茶的根。

午夜时分，难以成眠，闭目便是老街、老屋、老滋味……逝去的岁月，又怎么能够找得回？它的辉煌与沧桑却锁在回忆里，散不开！

◎

老街　老屋　老滋味……

断金之契 茶王就是『茶王』

2022
除夕
京南天华园

除夕清晨，执杯窗下，满目昨夜瑞雪，时光依旧，往事如昔……

前不久，一则公告，勐海茶厂掌门人吴远之先生突发意外身故。业界震惊之时，不知是谁的一句"17年，成就一代茶王，即使还颇有争议"，又引来关于"茶王"的争论。众说纷纭之下，笔者认为，在某一领域的某一时段取得重大成就或是做出突出贡献，便被冠之以"王"誉，早已约定俗成，表达尊重而已，又何必争论不休？何况吴远之通过执掌勐海茶厂，建立"大益"集团，17年间，无论是商业模式还是行业价值都是突飞猛进，勐海茶厂更是今非昔比，引领云南普洱茶进入全新时代，称之为"王"亦是实至名归。

勐海茶厂从范和钧先生开始，国营阶段还历经周培荣、唐庆阳、邹炳良、卢云、阮殿蓉和郑跃共7位厂长。直到吴远之以云南博闻投资收购股权成为新的掌门人至今，勐海茶厂80余载，风雨飘

班章七子饼

首批班章七子饼

厂家：海湾老同志
规格：400克×84饼/件
年份：2004年
价格：500万元/件

摇，几度兴衰。然而，这8位被镌刻在勐海茶厂历史丰碑上的重要人物，都在他们所处的特定时段，为勐海茶厂和云南普洱茶做出了不可磨灭的贡献。

提及勐海茶厂，便不得不说一说业界公认的两位当代"普洱茶王"——邹炳良和卢国龄两位先生，他们执心"断金之契"，30余年"守望相助"，双双成为茶界泰斗。

2019年11月25日的广州茶博会上，再次与邹炳良和卢国龄相约而见。虽说两位先生都已年逾古稀，却依然精神矍铄，谈笑风生，就如同这杯饱经岁月磨砺的班章茶汤，酽香练达，稠浓恰好。

中国普洱茶终身成就大师、普洱熟茶之父、"大益"品牌创始人邹炳良1984—1997年任勐海茶厂厂长、总工程师，在此期间撰写了教科书式专著《普洱茶工艺》。他在云南普洱茶领域建树之高，受众之广，业内无出其右者，确是德艺双馨的一代宗师。

茶界奇女子卢国龄是云南起义国民党主席卢汉侄女，名门望族，却为茶而生。她1987年进入勐海茶厂担任副厂长、总会计师，曾参与国家红碎茶分级实验，制定质量级差系数等重要科研工作，主导建立健全了管理标准、生产标准和技术规范。同是一位学识渊博、德高望重的茶界泰斗，业界都尊称她为"先生"。

在这一时期，两位元老级"茶王"勠力同心，奋楫笃行，使勐海茶厂在传承、发展、开拓、创新中走向辉煌，成就了今天的"大益"传奇。勐海茶厂的10年，使两位茶界泰斗结下了云天高谊，退休后他们共同受聘于云南省茶叶公司和云南普洱茶认证中心担任首席专家顾问，继续为云南普洱茶发挥余热。

1999年，他们不拘于现状，携手创办海湾茶业，创立"老同志"品牌。回归普洱茶主业后，邹老抓技术，卢老抓管理，就这样，海湾茶业在两位老人率领下日益努力、风生水起。20多年来，"老同志"品质超群，有口皆碑，无论是入门级茶饼、茶砖，还是名山古树系列茶品都不乏大量拥趸。

在众多名山古树系列茶品中，这款2004年首批班章七子饼，可以说是海湾茶业名山古树系列的开山之作。当时普洱茶市场，名山古树概念尚处于萌发阶段，班章茶区的知名度远没有今天这般高，他们以超常的远见和非凡的勇气，精心制作了第一批班章概念的茶品。近几年，随着班章茶"热"，人气愈高，甚至达到"巨星"级别，这款茶也得到更多人的关注和追捧，许多发烧级茶友都想睹真容、品芳泽，据为己有。

2015年春季中国（广州）茶主题拍卖会上，这款海湾建厂以来第一批班章七子饼普洱生茶，经过多轮竞价，最终被36号举牌者以4万元价格竞得，可见它超凡的纪念意义和收藏价值。

久闻有此班章，机缘未遇，曾与邹老提起，亦无所获。幸有芳村茶友祖雄、蒙坚先生协助，才于前几日收得少量大师签名背书过的茶饼藏于博物馆。今逢寅虎除夕，晨来茶兴，独享海湾的这款扛鼎班章茶王力作，并记录身心体验，作为档案保存。

班章霸韵，演绎强烈的王者气势。托起茶饼，400 克的规制，显得十分厚重，陈旧的绵纸上赫然印着"班章七子饼"；轻扫饼面，原料是老班章大叶种早春古树茶菁，条索壮硕，芽毫金灿灿的光华夺目；晃动干茶，香气复杂多变，满室的陈香作为序幕，在鼓乐齐鸣的恢宏里，徐徐拉开这场班章盛宴。

岁月陈香，呈现庄严的雄浑壮美。经过长达18 年的干仓陈化，骄傲的兰香桂馥，变得更加沉稳厚重，伴着幽幽的草药香味，在口腔、鼻翼间悄然绽放；遒劲中正的苦涩，就像是"老班章"的告白宣言，转瞬之间，舌面乍起一股沉甸甸的野蜜凉甜，津生两颊，汹涌过喉，虽是意料之中，却又意外惊喜；时间的力量已然注入叶片

筋脉，橙红明亮的茶汤霸道而细腻，裹挟着丝滑的醇香，直入肺腹，三盏过后轻热微汗、心跳加速，仿若夜路迷于深林古径，忽闻晨钟响亮，雄浑激越，敲醒了躯壳下的灵魂。

时光炼化，叙说和谐的自然滋味。"汤即是香，香即是汤"，琴瑟合音，交相辉映，一种奇妙的"炼化感"油然而生；随着茶汤饱满度的逐渐挥发，整个口腔都富有悠悠的岁月陈香，从舌尖到喉咙充斥着满满的冰糖蜜韵；即使喝到了尾水，原始天然的木质香甜带来一阵清清爽爽的舒适与惬意，仍然让人不肯舍杯而去。

孰不知？班章亦是班章，茶王就是"茶王"！

# 「酽酽」之约

2022
正月
廊坊嘉木堂

# 陳·茶

2020 年，正月初五，晌晴万里，暖阳熙怡。除夕以来，几乎夜夜守岁，故而晨起已近中午。因约了朋友一家人吃饭，连忙驱车僮约台。

突然电话响了，"老弟呀，过年好，接财神喽！"海哥的福建广东腔依然如故，还是那么爽朗透彻。"谢谢啦，共同进步，给海哥拜年啊！"我如是而答。这就是传说中的芳村高大海……

撂下电话，不禁想起5 年之前曾与他有个"酽酽"之约。那是一款他收藏的20 世纪90 年代易武正山大叶普洱青饼，易武多甜茶，遇酽则贵，当时我们判定，最多5 年，它便会陈化成为真正的"酽酽"老茶，届时，他捐茶入馆，我撰文为记。如今5 年约期已满，看来是到了话复前言的时候了。

滔滔不持戒，兀兀不坐禅。

酽茶三两碗，意在镢头边。

这是唐代高僧慧寂禅师所作的一首五言绝句。刻画了一个不持戒、不坐禅，却整天喝酽茶、干农活儿的僧人形象，体现了他学禅不拘泥于形式，而在于"向内求佛，打破偶像"，以平常心领会禅意的思想。这就是"酽茶"一词的出处，"酽酽"之约重叠使用"酽"字，一是指茶"酽"，一是指人"酽"。茶"酽"的茶自然是指这饼易武正山普洱茶，而人"酽"的人则是借喻资深茶人高大海。

高大海，1964 年出生于中国茶叶之乡福建安溪，广东福建安溪商会副会长。他创办安溪泮溪山茶厂，广州高大海茶行，纵横茶界 40 余载，艰辛与苦涩，勤奋和实干，居安思危，稳中求进。坚守一份"平常心"，使他常常都能先人一步，迎接未知的变化和挑战，在时间与空间的巧妙转换中立于不败。就如同诗文中那个不持戒、不坐禅的慧寂和尚，岁月磨砺已得修身之道，人称"老茶鬼"，故谓之为"酽"。

这究竟是怎样的一款"酽酽"之茶？

还要从 20 世纪 50 年代说起。那时候经济凋敝，百废待兴，为支援国家经济建设，中国茶叶公司云南省公司成立。它的全称是"中国土产畜产云南茶叶进出口公司"，因名字过长，后来简称"云南省公司"或"省公司"。为了帮扶云南茶叶行业迅速复苏，省公

司开始生产普洱茶。当时的云南全省曾有过74家国营精制茶厂，其中以昆明茶厂、勐海茶厂、下关茶厂这3个老牌国字号茶厂的建制规模最大，也是云南茶事的名头代表。

在这个特殊时期，一切茶叶产品的生产和流通都是云南省公司下达任务指标，它指挥着云南省的茶事全局，各生产厂家一切行动皆要听从指挥。普洱茶也不例外，从产品选料、生产规模、市场流通，甚至到包装印刷也需遵从规矩。省公司出品的普洱茶产品普遍以红、黄、蓝、绿印的绵纸设计印刷，20世纪50年代称"中茶牌圆茶"。到了1967年以后改名为"云南七子饼"，宣告印级圆茶时代的结束，中生代普洱茶的开始。

这款"90年代易武正山大叶普洱青饼"是中生代普洱茶中的佼佼者。据说，当时是台湾客商精选易武正山大叶种乔木春茶原

料，准备采用极具"省公司"品牌格调的绿印包装版面，为普洱茶发烧友收藏群体定制出高端珍藏级茶品。在普洱茶界，易武茶品质过硬，名号响亮，不少号级、印级老茶都是以其为原料制作，明星茶品辈出，如"福元昌号""双狮号"等等，即使在现代，鼎鼎大名的弯弓、薄荷糖、茶王树也都是出自易武茶区。

奈何正当一切就绪，准备开始生产时，台湾客商却因无法支付货款，而只能将茶菁原料暂时搁置，直至后来遇到高大海才得以重新启动生产。用他的话说，这是易武少有之"酽茶"，难得碰到，经时间锤炼会变得更加"醇酽""暖润"。时隔多年，只要提及此事，他都会眉飞色舞地向人讲述这段"惊喜"，也就有了我们5年之前的"酽酽"之约。

11点30分，和朋友一家人已齐聚僮约台，在我倡议下，推迟了上菜时间，先来鉴赏这款20世纪90年代的"酽酽"老茶。

茶饼紧实端正，厚薄适度匀称；茶面乌润显毫，条索壮硕舒展；汤色橙红微紫，通透晶莹油亮。浅尝一口，浓烈的陈香铺满口鼻，优雅的兰香裹藏着野生樟香在唇齿间徘徊，俯嗅杯底，挂定的兰花气韵飘飘洒洒，惹得满室生香。

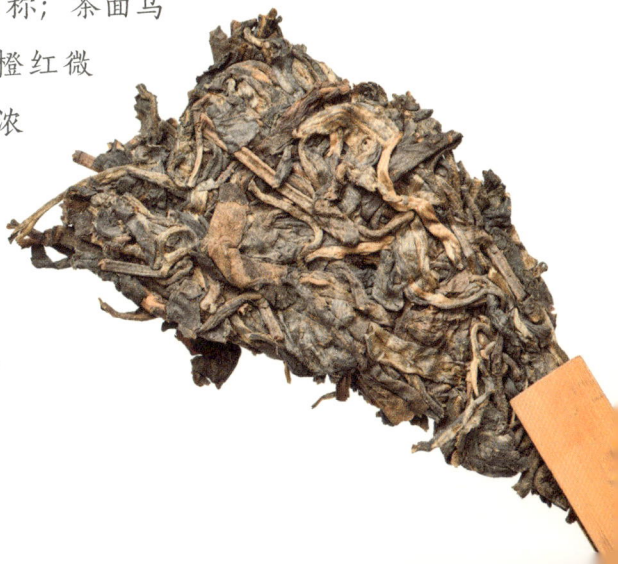

　　茶汤油润稠滑，近30年的时光炼化，使它拥有极强的陈韵，虽然醇酽中略显苦涩，但转瞬即逝；生津从两颊开始发散，缓缓涌向口喉深处，令人心潮澎湃；回甘伴随生津而来，甘醇甜润，一种莫名的舒适与惬意油然而生；自始至终，茶汤油润细腻，在循环往复的生津回甘中散发出易武独特的山野气韵；随着茶气滋味的逐层变化，直至尾水清甜，层层撩拨和充斥着每个味蕾。沉思中回眸，友人还陶醉在这场味觉盛宴中，被它拖拽住不能自拔！

　　30年前的易武正山，经年岁月，时光打磨，而今已是不可复制的艺术珍品，它不仅背后拥有特殊时代的茶事符号，而且见证着普洱茶文化的变迁和发展，每每都会掀出我们发黄的记忆图册，历历间使人泪目……

「珍藏易武」情怀

初春时节，乍暖还寒，"新冠肺炎"阴霾肆虐着北方小城。

"始之疫药，继而佐食，后为众饮。""茶"，早在5000多年前，神农尝百草发现它时，先祖们就首先懂得了其强大的祛疫功能。

懂得，是豁达的心胸，沉寂的美丽，深沉的情怀。诗人说，往日时光酿作酒，换我余生长醉不复忧。尽管今日时光让一切不知所措，一个人，又岂能把情怀搁浅？

深夜醉茶，醇酽易武。灯光下绛红璀璨，氤氲旖旎，仰饮而尽，闭目抒怀，瘟气似已在呼吸间消散。良久，蓦然望见案头端放的"易武正山野生特级品"，它诞生于20年前那个明星定制茶云集的黄金时代，又历经岁月磨砺，时光炼化，如今已是抵近巅峰的典藏级老茶。

定制茶，是指茶叶企业根据客户的需求，从茶的选料、生产和包装等多个方面为其量身打造的茶品。与茶厂常规茶品相比，它拥有浓郁的个人或圈子专属风格，具有更加丰富的个性化元素和特别的纪念意义。

20世纪80年代初期，云南普洱茶的计划经济时代宣告结束。香港茶叶进口商——南天贸易公司和国营勐海茶厂达成了定制云南七子饼茶的第一笔订单，从而开启了普洱茶的定制茶时代，为日后惊现群星闪耀、百花争艳的普洱定制茶黄金时代拉开序幕。到了

90 年代中期，市场经济浪潮汹涌，茶叶企业单一的产品线已不能满足市场需求。茶商希望产品更贴近自己的客户群体，并逐渐意识到普洱茶的收藏价值，不仅是年份讲究长短，品质优劣更加重要。因此，他们不惜深入茫茫茶海，亲自选料加工，按照自己的意愿生产出心仪的普洱茶品。

据资深茶人高大海介绍，2002 年澳门华联公司派员远赴云南易武，决心要以易武茶区野生茶树的茶菁为原料，制作一款风格"刚烈"的特级茶品。这一做法在当时令所有人都十分费解，因为易武茶的特点一直是"柔和""绵甜"，不像布朗茶苦、霸、浓、强，又怎么做出"刚烈"风格呢？倒不如换个茶区选料，实现起来会更容易些。奈何华联公司却执意要用"易武茶区的野生茶"试一试，于是成就了这刚烈的"易武正山特级品"普洱生茶。

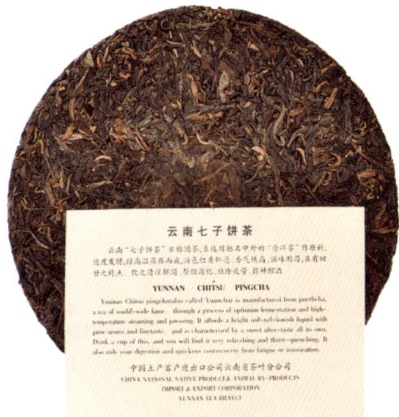

2008 年春天，这批茶现身广州市芳村茶叶市场，由于高大海对易武茶有着特殊的认知和情怀，加上这款"刚烈"易武的品质原因，早已名声鹊起，便不惜高价据为己有。那么，他为什么对易武茶情有独钟？这份执着的"易武情怀"又是从何而来呢？

客观上说，易武是所有钟爱普洱茶人心目中的圣地，它见证了普洱茶贸易史的繁荣与辉煌，更是数千年来民间贸易的重要驿站。2000 多年前，茶马古道以易武为起点和中心，向四面八方辐射开来，分别通向北京、西藏、泰国、老挝、缅甸、越南和印度，让神奇的"东方树叶"香飘世界；易武茶的品质在历史上享有极高盛誉，"易武茶香动天下"，在清代被称为"贡茶第一镇"，吸引着无数茶人跋山涉水前来感受它的独特韵味；人类第一口普洱茶的记忆从易武开始，自古就将这抹惊艳铭刻在基因里，世世代代，口口相传。

　　主观上，用高大海的话说："我很清楚易武多甜茶，遇酽则贵，而且早些年我曾在台湾人那里接手过一批90年代易武原料，醇酽至极，制成茶饼到现在已经很有出息了。后来我寻遍茶山，仔细查访，应该就是易武茶区的野生茶。"这次机缘巧合而偶获成功的经验，是他树立"易武情怀"并决心再次出手收购易武"刚烈"茶品的十足底气和关键考量。

　　眼前这"易武正山特级品"，仿佛在娓娓述说着它的如流往事。执杯在手，心生丝丝敬意，飘逸的野樟香，就如同一支美妙的乐曲，从浅到深，由淡至浓，不紧不慢地缓缓铺开，继而是高昂的蜜香、厚实的陈香汹涌而来；栗红色的茶汤，相当饱满，稠、滑、圆、润，却不失层层叠叠的生津回甘，恰到好处的甜润和层次分明的醇酽，表现得张弛有度，充满活力。"刚烈"易武，尽管岁月磨砺，柔和的茶汤却依然带来强劲的茶气，气象万千又骨骼俊朗，刚与柔之间，兼得优雅与磅礴。

　　"刚烈"易武，当初并不被人们接受，澳门华联的匠心独具，似是一场空，直到遇见识茶之人，才又重见天日。谁又曾想到，20年的"冷板凳"，让它在无为中修炼升仙。一道茶毕，四座皆惊，难以掩盖的光华，一举唤醒人们澎湃的"易武情怀"！

　　我想，这就是"贡茶第一镇"的绝代风华了……

侨销六堡　祛雾南洋

2022　初春　京郊爨底下村

驻足合口街码头，小河缓流而过，旧迹怀古，这里是"茶船古道"的起点。古往今来，六堡茶都是从这个小小的码头启运，出深山、入江河、至广州、经港澳，沿着海上丝绸之路，达抵南洋。茶船远去，当年的熙熙攘攘仿佛仍在耳畔，六堡茶历经沧桑，数度沉浮，如今更是誉满全球，香飘世界。

随山势起伏，一路上行，一大片200余年树龄的古茶树，跃然映入眼帘。山高多云雾，水秀必丰饶。这些古茶树根脉健硕，枝繁叶茂，微风中摇曳生姿，宛如一位智叟向我们话述他的云雨往事……

六堡茶因产自广西梧州市苍梧县六堡镇而得名，其产制茶叶的历史可追溯到2000多年前，那时候智慧的岭南人便会采摘野茶直接煮饮，以祛湿解暑。秦始皇平定岭南时，带入了先进的农业技术，

合口街码头

开始零散种植茶叶，喝茶也随之流行起来。唐宋时期，政治稳定，经济繁荣，文人推崇，帝王茶贡，使六堡茶从种育、工艺到品饮方式都得到了迅速发展。六堡茶经历了宋元大发展之后，便逐步进入了属于它的明清鼎盛时代。《苍梧县志》记载："茶产多贤乡六堡，味醇隔宿而不变，茶色香味俱佳。"述说清朝初年六堡茶已在制茶工艺中应用类似黑茶的制作技法。

据六堡茶国际交流促进会会长陈伯昌先生介绍："在缺医少药的年代，六堡当地人还把六堡茶当成汤药，用来消暑和缓解肠胃不适。"研究表明，六堡茶性温，主要有消暑祛湿、清心明目、帮助消化等保健作用，适用于高血压、高血脂、高血糖以及尿酸过高引起痛风症状的人群。

虽然说六堡茶历史久远，但是真正让它名扬四海却是从"茶

陳·茶
CHEN
CHA

船古道"开始。"茶船古道"初现于明代，成型于清中期，嘉庆年间，六堡茶就以"红""浓""陈""醇"以及其独特的槟榔香味位列中国二十四名茶，其对外贸易交流与"茶船古道"相伴而生。特别是20世纪20年代，大批岭南华工为避战乱而"下南洋"，将六堡茶带至东南亚各地，进而传向世界。由于其对人体的保健作用

原因，南洋华工通常是左手提饭菜，右手保命（六堡）茶，以祛除高温高湿的困扰。后来，华工定居成为侨民，"六堡茶风"盛极一时，在马来西亚、新加坡等常年高温高湿的国家，甚至成为当地的"祛湿神器"，故而又被称为"侨销茶"。

说到六堡茶的祛湿，主要源于以下几个原因。

一是六堡茶独特的生长环境，山高林密，雨水充沛，云雾笼罩，终年潮湿，所以形成了它对抗湿气适应环境的能力；二

悦泰博物馆藏东南亚回流柒拾年代

擎天之柱【老六堡茶】

記於庚子年冬月 迁直

是六堡茶发酵菌群里含有大量的有益菌，可以通过调节体内生态平衡，从而达到有效排湿的作用；三是六堡茶属传统工艺制作，在存储过程中内含物质不断氧化，岁月经年，祛湿功效被逐渐放大，这也是为什么坊间会有"六堡茶年份越老，祛湿效果越理想"的传闻。

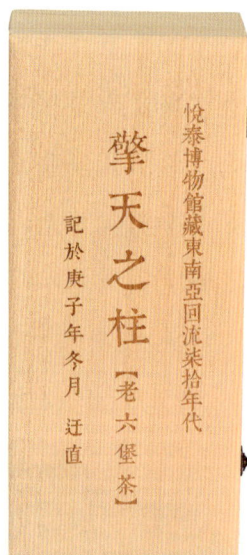

方与圆，天地玄妙，伏羲女娲手中的尺规，河图洛书的圆轴方画，以及眼前这根六堡茶柱，动静之间，可见杯中乾坤。从中国大陆到马来西亚，又从马来西亚到中国大陆，这批20世纪70年代六堡茶柱漂洋过海，阅尽50余年赤道风光，如今重返最初的起点，冥冥中画圆了一段茶缘历史。

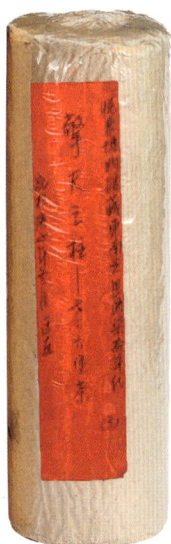

经杀青、初揉、蒸压、陈化等工艺加工，六堡茶外形条索壮重，色泽乌褐油润，内质香气陈醇，汤色红浓艳丽，滋味醇厚顺滑，槟榔香韵独特，耐于久藏，越陈越好，也被称为"可以喝的古董"。

年份久远，辗转颠簸，加上存放空间不断转换，茶已被幻化到惊艳绝伦的峰值状态。但也十分可惜，当年5千克规制的茶柱，如今所剩不过4千克，损耗两成以上。

辛丑隆冬，大雪将至。清晨阳光明媚，趁着两位资深茶人到访，取一粗陶小器，上火烹之。或许会有人觉得奇怪，为什么要用粗陶烹煮？这才是冲泡陈年六堡茶的秘诀，粗陶沙粒较大，透气性好，再以柔火之力方可激出它的内劲与滋味。

在紫砂缸中取出干茶，茶叶嫩度高，芽毫、芽头多，即使经过这么多年的存放，灰末仍然很少，洁净度较好。由于茶已被撬开醒了一周，自然的木质陈香溢于空气之中，多余的杂气味道早已被驱散，剩下的尽是"质朴纯柔"的犹存风韵。

炉上冰泉已至蟹眼，提壶冲泡，转瞬之间茶香弥漫。稍经烹煮，继而轻啜，沉稳的药香徐徐，独特的槟榔气韵接踵而至，来不及细品，浓稠的茶汁已滑喉而过，闭目回味，弹指间掳获饮者的味觉，通身为之一颤，继而沉浸在柔软、厚实、温暖的甘甜之中。回眸一望，红浓的茶汤翻转，雾化的茶气升腾，恍然醒悟，这种触觉体会已由内而外遍及全身。再饮几杯，悄无声息，毛孔渐开，细汗轻发，通透虚无之感越发强烈。尾水阶段，口腔与喉咙依旧是满满的香甜清爽。

三人对坐，相视无语，各自陶醉在那份属于自己的"淡而有味，风韵天成"之中。冬日天穹，冷亦是冷，滑过风尖，仰望片片孤叶；汤若酒红，暖便是暖，藏心屋角，俯慰融融落花……

西风几时来，流年暗中换。

当我踏上南下的绿皮火车，双手挂着车门，极力屏住颤抖的嘴唇……满心苍凉，孤独彷徨，却模仿出大人们一样锁眉注目，坚毅地凝望窗外的神情。

殊不知，就在这漫无目的一路狂奔的一刻，悄然开启了我从"北风呼啸"走向"日丽风和"的人生旅程，冥冥中注定此生"亦余心之所善兮，虽九死而犹未悔"的旷世茶情！

蓦然回首，往事如烟。侍茶36年，虽屡遭艰难险阻，却志向弥坚，尤以弘扬茶文化为毕生追求。沉浸在悠悠的侍茶岁月中，我乐此不疲地点滴为录，随笔而得了许多涉茶散记，虽是真情实感，却皆为杂乱无章之文。于今，日积月累已有侍茶随记粗陋之作300余篇，现含愧整理出30多篇，编辑出版首册《陈茶》，亦将其中所得与茶人读者共享，希冀不吝指正。

此次编辑出版首册《陈茶》，特别感谢：著名书画家苗再新先生为本书题字！著名画家何军委先生为本书创作插图！作家蒋泥先生亲自主持

本书出版工作！著名资深新闻工作者赵振声老师
对本书文稿的孜孜教正！

　　并对曹乃岐、路立春、赵晓东、谢占全、
王文岩、张文宇、赵祖雄、蒙坚、杨锦鹏、欧
志雄、高振斌、洪欢、周跃、杨鸿儒、刘倩、
张智雅、侯茜林等同人分劳赴功，鼎力本书成
稿、配图、装帧、校对、出版和发行，表示由
衷的感谢！

　　　　　　　　　　　　2022 年中秋　京南天华园